戦争小説家

古山《ふるやま》高麗雄《こまお》伝

玉居子《たまいこ》精宏《あきひろ》

平凡社

戦争小説家　古山高麗雄伝◉目次

装幀＝佐藤温志
カバー写真＝第二師団司令部管理部衛兵隊の頃の古山高麗雄
（七ヶ宿町　水と歴史の館提供）

戦争小説家　古山高麗雄伝

戦争は、いいか、わるいかで考えるべきものではない。
そのどこに美があるのか、魅力があるのか、どこが醜く、
どこが汚いのか、を小説を書く者は求めなければならない。
（「日常」）

まえがき

二〇〇二年（平成一四）三月一一日、私の知らないところで一人の小説家が死んだ。私が知りようもない戦争を一兵士として経験した人。名前を古山高麗雄《ふるやまこまお》という。四九歳で文壇に登場して二作目で芥川賞を受けた。以後三〇年におよぶ作家生活で、軍隊での五年間を繰り返し思い出して書いた。

古山は、小銃の狙いをわざと外して撃つような、およそ兵隊らしくない兵隊を何度も書いた。虚弱で懸垂は一回もできない。近くに迫撃砲の攻撃があると歯をガタガタと鳴らし、駐屯地でもマラリアにかかって発熱する。亡き妹にあてて「どっちにしても僕たちは、人殺しになるか、気違いになるかしかありません」（「蟻の自由」）と空想の手紙を綴る。そんな兵隊である。

虚構があるにせよ、登場する弱兵は、間違いなく「国のために戦うのだという考えなど、みじんもなかった」（『龍陵会戦』）というかつての彼自身がモデルである。屈辱にまみれ、死と向きあい続けた戦争体験であったが、作家として書く文章に深刻ぶったところはなく、むしろおかしみがあった。

彼のことを書くにあたり、「処女作」に書かれたある事件から始めようと思う。復員してすぐ、書きたいと思っても容易に書けなかった題材が彼にはいくつかあった。事件はそのうちのひとつである。

＊　　＊　　＊

一九四五年（昭和二〇）、日本の降伏からほどない九月二九日。サイゴン（現ベトナム・ホーチミン市）の北に位置するライチョウという町でのことである。イギリス植民地軍（英印軍）の車列が、日本軍を護衛に従えて町を通過しようとしていた。突如、道の両側の建物から車列に銃火が浴びせられた。宗主国フランスからの独立を期して戦うベトナム独立同盟（ベトミン）の襲撃であった。彼らは日本の降伏直後から全土で蜂起した。日本軍の武器を奪ったり、将兵を自軍の側に引き入れたりしていた。兵器類はもちろんのこと、厳しく訓練された日本軍将兵は、ベトミンにとって味方にしたい存在なのであった。

襲撃を受けた車列から何台かが幸運にも逃れ出た。その中に古山高麗雄もいた。当時二六歳。車が安全な場所に移ると、古山は上官に命じられた。取り残された英印軍の将兵を保護して連れて来い、と――武装したベトミンがいる状況下、死ねと言われているようなものであった。祖国が戦争に負けて命拾いをした古山からすれば、再び銃火を浴びせられた上に、危地へ行けと命じられたのは一つの不条理である。被害者であったと言ってもいい。

二〇余年後の一九六九年（昭和四四）、彼はこのときの体験に材を取った短編「墓地で」を、総合芸術誌『季刊藝術』第一〇号（一九六九年七月）に発表した。これが文壇デビューであった。

＊　　＊　　＊

私は生前の古山を知らない。私が初めて作品に接したときには亡くなっていた。

古山を知ったのは二〇〇四年（平成一六）のことである。大東亜戦争に興味を持ち始めた頃で、年長の知人から勧められて『二十三の戦争短編小説』（文春文庫）を読んだ。下級兵士として経巡ったフィリピン、マレー半島、タイ、ビルマ、雲南、仏領インドシナでの経験に基づく作品が並んでいた。文章はいたって平易。高邁なことを言ってやろうとか、崇高な理念を説いてやろうといった態度はまったく感じなかった。

作品は一兵士の視点から書かれているが、いわゆる戦記とは違う。派手な戦闘シーンはない。勇敢な兵士が活躍を見せることなどない。憎むべき軍人が登場しても、時代劇の悪役のように類型化されているわけではない。彼らは皆、弱さも強さもある人間らしさを滲ませている。

最晩年にノンフィクション作家の保阪正康と対談した折のタイトルは「戦争は悲惨なだけじゃない」であるが、古山の作品を読めば、戦場にも日常があり、戦後流布した「悲惨な戦争」のような捉え方は万能ではないことがわかる。

古山は今から四〇年も前に、二一世紀の時代に戦争が図式化されて安易に語られることを予見していた。戦争の実感も知らぬままに、「侵略か解放か」などと議論をする人々が増える時代が訪れるというのである。

もう十年もたてば、まず「軍隊を知っている」人の数は、寥々たるものになるだろう。日露戦争を知っている古老が死に絶え、やがて太平洋戦争を知っている古老が死に絶えて、帝国軍隊は、時代劇として扱われることになるだろう。帝国軍人は善玉と悪玉に整理されて、テレビ映画などに登場して、「戦争を知らない」世代をたのしませることになるのだろう。

（「退散じゃ」）

ただ彼は「戦争の語り部」といった存在には否定的な見方をしていた。そういう人間になるつもりは毛頭なかった。戦争を書き続けはしたものの、「語り部になんかなりたくないんだ」と周囲の編集者に語っていた。

戦争を悪と斥《しりぞ》ける平和運動には近づかなかった。戦争を善悪では見なかった。それが小説家の務めと思っていた。

では古山はなぜ戦争を書き続けたのか。

答えは「小説家だから」とすれば簡単であろう。書くべきものを自分の内側に探れば、青春の五年間を費やした（あるいはそうすることを強いられた）戦争に自然と行き当たる。

戦争は何かを失い、何かを得た大きな経験だった。自ら戦争から離れようのない気持ちもあった。

私たちは戦中世代と呼ばれる年齢の者だが、戦中世代の者で、あの戦争から離れることのできる境遇で過ごしていた者が、どれぐらいいるだろうか？（「子守り」）

だが自然とはいえ、三〇年におよぶ時間を費やして書くことには、相当の覚悟や根気（重苦しく湿っぽいこの種の言葉を自分ではあまり使わなかったが）が要ったと想像する。あるいは自分に書けるのは戦争だけだという諦念があったのか。

大東亜戦争は、戦争が「悲惨」であり、「二度と起こしてはならない」ものであると日本社会で言われる理由となった大事件である。

戦後三〇年が経過した頃に生まれた私にとって、戦争は零戦、大和、武蔵といった兵器の類の優秀さを語るものとして、あるいはアジアを侵略した愚行として教えられるものだった。戦争は結局のところ、「旧日本軍」という悪の存在とともに否定されるべき忌まわしい過去なのだった。

ところが戦争を語る古山の文章に接すると、戦争にまつわる紋切り型や善悪の二元論を易々と超えられる気がした。驚いた。今も驚きは続いている。

私は自分がまったく知らない大戦争のことを、私なりに理解したい。古山の生涯を辿りながら、戦争がどんなものであり、何を人生に残すのか知りたい。

彼の小説の中でも、私小説に分類されるものには虚構が少ないようであるが、すべてを事実と受け取るわけにもいかない。自らの過去を振り返った、いくつものエッセイを参照して事実を定めていきたい。

作品はもちろんのこと、父親の故郷である宮城県刈田《かった》郡七ヶ宿町《しちかしゆくまち》の「水と歴史の館」に寄贈された遺品（来信、写真、手帳など）は私にとって欠かせない助けである。古山自筆の年譜、公文書、戦史のような資料、私が取材し得た古山の友人・知人の証言などにより、この「古山高麗雄伝」はつくられる。最晩年に生涯を振り返る意図で書き始め、絶筆となった自伝『人生、しょせん運不運』（草思社）は応召前までの来し方を丁寧に振り返っており、非常に貴重である。

＊　＊　＊

古山の言葉を借りれば、文章を書くとは「長広舌を振るうこと」である。どんな形であるにせよ、そこに自分がいなければ、人に読んでもらうことなど不可能だろう。

要するに、自分を語ることなしに文章など書けない。

私自身は語るべき自分がない。たいした体験をしていない。

だが少しは試みよう。「自分としては、おそらく誤謬と偏見の多い、怯懦かも知れない自分を、できるだけ率直に語ろうとしているつもりなのである」（「子守り」）と語った彼にならおう。

古山を知った頃、私はさしたる理由もなく勤めを辞めていた。

貯金を取り崩しながら、四畳半風呂なし・トイレ共同のアパートで寝起きし、毎日国立国会図書館に通っていた。何となく戦争の時代のことを調べていた。大東亜戦争と呼ばれたあの戦争が、自分を取り巻く世界を決定しているように感じていた。帰宅後は部屋で戦争を題材にした小説のようなものを書いていた。掲載のあてはなかった。「自分の書いたものを誰かに読んでもらえたらな」と夢想していた。

そのうち私は古山の短編のような小説を書きたいと思うようになった。

あるときは、プノンペンでフランス軍打倒を目指す「明号作戦」に参加する下級兵士が戦いを前に独語する「今夜、死ぬ」のようなものを書こうとしていた。

作品を読むと、古山は気軽に取材へ出かけていたことがわかる。

人に話を聞く。だが相手から無理に話を引き出そうと頑張る様子はない。資料に当たるものの、くまなく渉猟するようには感じられない。肩の力を抜いた姿に私は鼓舞された。「オレだってできるんじゃないか」

そして実際に取材を始めた。戦争を体験した人に話を聞けば何かが書けるのではないかと思った。

古山には自らの心と身体を傷めた戦争体験があった。体験の上に取材をして書く小説家と、興味本位で動く私とでは埋めるべくもない差がある。そんなこともわかっていなかった。

とはいえ、あの頃もう少し賢かったら文章を人に読んでもらえることは一生なかったな、と思う。

体験のない私は、取材を通じて体験をいくらか分け与えてもらっていた。だから書けた。小説ではないが、ノンフィクションをひとつ。取材について教えてくれた古山に感謝したい。

話は少し戻る。

無職の生活を一年半も続けたあと、縁あってベトナム・ホーチミン市（旧サイゴン）に移住した。私が最初に住んだ場所は、彼の作品に登場する「マルタン兵営」「植物園」と至近距離にあった。戦犯容疑者として収監されていたチーホア刑務所、サイゴン中央刑務所、判決を受けた裁判所、抑留キャンプがあった場所など、探せば見つかるのであった。

移住は古山のことを知るためではなかった。しかし戦争を新たな形で教えてくれた彼の作品の場を見ることは、戦争を手触りで知るような感覚があった。古山が書いたベトナムの姿が、今も残っていることには不思議な感動を覚えた。

帰国後、大川周明の弟子たち（大川塾生）に取材して『大川周明 アジア独立の夢――志を継いだ青年たちの物語』（平凡社新書）という本を書いた。取材を通じて、大川の薫陶を受けたかつての若者の何人かが、戦時中の日本人の思い上がりに嫌悪感や否定的な思いを持っていたことを知った。東洋の盟主を自称することとか、東南アジアの人々への尊大な振る舞いであるとか、そういうものを嫌っていたというのである。

「古山も同じようなことを書いていたな」と思った。

大アジア主義者で戦争のイデオローグと戦後は類型化されてきた大川から教わった若者たち。文学に親しみ、反戦的な気持ちを持っていた古山。両者の間に不思議と通じるものがあった。

＊　＊　＊

「蟹は甲羅に似せて穴を掘る」とは、手元の『大辞林』によると、「人は各々その分に応じた考えや行動をする」ということらしい。

古山が何度も書いたこの言葉に私も従う。

私は文芸評論家ではない。作品の読解をしたいわけではない。作家論のようなものは書けない。彼の人生をただ辿りたい。私を魅了した古山を知ることは、私の知らない時代と戦争を理解する数少ない方法のひとつでもあると信じる。

第一章　「悪い仲間」たち

植民地朝鮮に生まれる

古山高麗雄は一九二〇年（大正九）八月六日、植民地朝鮮の北端の町、新義州《しんぎしゆう》に生まれた。町は鴨緑江《おうりよくこう》に面し、対岸に満洲の安東《あんとう》（現丹東）を望む。二一世紀の今日は中朝国境として知られる。

父の古山佐十郎《さじゆうろう》は開業医で宮城県、母のみとしは大分県出身。高麗雄の上に姉みつ子、兄蕃樹《しげき》がおり、下に弟の登《のぼる》、妹の千鶴子《ちずこ》、百合子《ゆりこ》がいた。名前の高麗雄は朝鮮王朝の「高麗」にちなむ。本籍は父の出身地、宮城県刈田《かった》郡《ぐん》七ヶ宿《しちかしゆく》村《むら》字《あざ》渡瀬《わたらせ》四三。七ヶ宿村は今は町となって、渡瀬の集落はダム湖に沈んでいる。後述するが、この本籍が古山の戦争体験を決定し、小説家として書くものにも影響を及ぼす。

新義州は、全長約七九〇キロの大河である鴨緑江に面する。この川が黄海《こうかい》に注ぐ河口から遡ること約二五キロの場所にあり、一九三七年（昭和一二）、水豊《すいほう》ダムの建設が始まるまで、上流で伐採した木材の集積地になっていた。

戦前「鴨緑江節」という歌があった。「朝鮮と支那と境の　アノ鴨緑江　流す筏《いかだ》は　アリャよいけれども　ヨイショ」で始まるもので、内地でも知られた。

新義州は「新」と付くように新開地である。従来「義州」という町があった。日露戦争の折、京城（現ソウル）と義州を結ぶ鉄道「京義線」建設のために出張所が設けられた。この義州の南西に日本人が堤防を築いて居住地をつくり、歴史が始まった。中国人、朝鮮人が続いた。開発前は一面の葦《あし》の原であったという。一九一〇年（明治四三）の韓国併合から約一〇年、一九二三年（大正一二）に平安北道《へいあんほくどう》（「道」は日本の県に相当）の道庁が義州から移転、置かれた。

一九三五年（昭和一〇）の人口は約五万五〇〇〇人。日本人――九州出身者が多かった――は約八〇〇〇人弱、朝鮮人は約四万人、その他、主に中国人が約七〇〇〇人であった。町では人種による違いがはっきりしていた。日本人、朝鮮人、中国人の住まう場所は分かれていた。

日本人は階層の上位に位置し、肉体労働はもっぱら中国人か朝鮮人の仕事である。例えば人力車を引くのは中国人、乗るのは日本人。行き先を伝えるには鞭《むち》のようなもので、車夫の肩を叩く。叩いた方へ進め――新義州出身者の一人は、進学のために内地を初めて訪れたとき、鉄道の車窓に畑を耕す日本人を見てショックを受けたという。「日本人が肉体労働をするとは」というのである。

日本から来た植民者一世たちは、万事を日本風にしつらえた。平安神社と名づけた神社をつくり、鳥居、灯籠とすべて日本同様にした。五月には神社の祭礼で御輿《みこし》が出た。正月の松飾り、餅搗《つ》き、花祭り、七五三、灯籠流し、納涼花火大会、盆踊り大会など、内地と変わらないものがあった。行商人、大道芸人、劇団や相撲、サーカスも訪れた。

製材が盛んな町には一〇を超す製材所があった。草原の中で王子製紙朝鮮工場の煙突が煙を吐き出していた。

王子製紙の野球場では職場対抗の試合に興じる日本人がいた。砧《きぬた》を打って洗い物をする朝鮮人の女たちがいて、青物市場には白菜が積まれ、鮮やかな赤の唐辛子があった。

冬、新義州は厳しく冷え込む。鴨緑江は凍結した。川縁《かわべり》にはスケートリンクがつくられ、スケートに興じる人々があった。小学校の校庭でも水が撒かれてリンクになった。

春には鴨緑江の氷がバリバリと音を立てて割れ、花々が一斉に咲く。アカシアの花は甘酸っぱく匂った。対岸の安東の山には桜が咲き、新義州の人々も花見に出かけた。男たちは背広を着込み、女たちは和服で着飾った。夏には新義州の南、白馬という土地に出かけ、鴨緑江の支流で泳いだ。

町で堂々たる建物の一つに平安北道の知事公邸があった。町を行く車輌は人力車と自転車が主で、自動車は数台程度であった。道路は鴨緑江に近い税関前の通りだけが舗装され、あとは砂利敷きされていた。

鴨緑江を挟んだ対岸の安東《あんとう》は満洲である。皆、税関を通って出かける場所であった。一九一一年(明治四四)に竣工した約九五〇メートルの橋の中央を鉄道が走り、両端を歩行者、人力車、自動車が通った。

安東では白系ロシア人経営でピロシキやロシア煙草、ロシア・チョコレートを供する店「ビクトリヤ」、支那料理の「鴨江春飯店」などが、日本人のよく利用するところであった。町は匪賊《ひぞく》と日本が呼んだ抗日ゲリラの処刑が行われる場所でもあった。匪賊の話は新義州にも届き、子どもたちも首切りのことを耳にした。

「坊ちゃん」と上京願望

古山の生家、「古山医院」は新義州の常盤町《ときわ》にあった。平安神社の裏手に位置する三業地《さんぎょうち》、桜町とは通りを隔てている。

古山医院は内地から来た父佐十郎が始めた。佐十郎は宮城県の街道筋の村、七ヶ宿の生まれである。子ども時代の佐十郎は病気の家族のため街道を夜通し歩き、城下町の白石《しろいし》まで下《くだ》って薬をもらいに行った。この経験から日本に医師を一人でも増やしたいと志し、佐十郎は出郷したという。旧制の第二高等学校（仙台）から、一九〇三年（明治三六）開設の京都帝国大学福岡医科大学に学んだ。同大学は九州帝国大学の前身である。卒業後は大陸に渡り、最初は新義州の対岸、安東の満鉄病院に勤務した。のちに郷里から二人の男が佐十郎を頼って朝鮮に渡り、医師になっている。佐十郎は七ヶ宿にとって外地に行く者の先駆けであった。

古山医院での佐十郎は急患があればいつでも往診した。小学校、中学校、高等女学校などの校医を務めるほか、朝鮮鉄道、王子製紙の嘱託医を務めた。いわば新義州の名士である。春の花の

新義州の生家、「古山医院」の前での家族写真（七ヶ宿町 水と歴史の館提供）

季節には芸者を呼んで盛大な花見会を催し、草競馬が開かれていた折には二頭の馬主になった。例年春と秋の二回、一週間ほどレースが催された。佐十郎所有の朝鮮馬は、半島の山にちなみ「ハクトウサン」（白頭山）と、もう一頭の支那馬は「コサン」（古山を音読みにした）と名づけられた。小学生だった古山はニンジンを抱えて厩舎に通い、コサンに乗って、町の道に出たりもした。

両親の部屋には当時珍しいベッドが置かれていた。中国人のコックがいて家族と看護婦、薬局員、女中のために食事をつくった。キムチや温麵くらいは日本人の家庭にも浸透していたが、古山はキムチすら一度も口にしないまま育った。医師の父が患者と接するためニンニクを嫌ったからである。

母は子どもたちの遠足の折の弁当づくりでは台所に立った。弁当はモダンなサンドウィッチであった。彼女は相応の着道楽をした。富裕な家であったことは間違いなく、古山の兄蕃樹の同級生は、学生時代、内地から帰省する列車で蕃樹が二等車（現在のグリーン車に相当）を使っていたことを記憶している。高麗雄はそんな家の「坊ちゃん」の一人であった。

一九二七年（昭和二）に入学した新義州公立尋常小学校では、毎年学芸会の主役を得た。成績は全甲（すべて最優良）。教師には「一番の高麗ちゃん」と記憶された。

膂力《りょりょく》貧弱を軍隊ではかこつことになるものの、この時期は小柄ながら巧みな相撲をとって同級生に印象を残した。早熟なところがあったのか、六年生のときに女の裸体画を描くと、それを旧友が教師に告げ口した。

画家になりたいと思うこともあったが、早くから小説に親しんだ。父は文学に関心のない人間ではあったものの、夏目漱石全集、改造社の円本、児童向けの全集、小中学生向けの全集が揃っていた。漱石と円本は中学校卒業までにすべて読んだ。

本は町の書店で買い求めた。中学校五年のとき、応召して大陸で従軍中だった火野葦平が「糞尿譚」で芥川賞を、井伏鱒二が『ジョン万次郎漂流記』で直木賞を受けた。火野はのちに『麦と兵隊』『土と兵隊』『花と兵隊』の「兵隊三部作」によって作家としての地位を確立する。古山も晩年、「三部作」を完結させる。古山は井伏の作品から自らが従軍中、大きな慰めを得ることになる。

＊　＊　＊

新義州公立中学校（義中）は一九二六年（大正一五）創立。古山の入学は一九三三年（昭和八）で第八回生である。旧制中学だから五年制で、一学年約五〇人、全校生徒二〇〇人程度であった。クラスには五人程度、朝鮮人を入学させていた。そのほかの朝鮮人子弟は普通学校と呼ばれる学校に行くことが多かった。

同級生の目に映じた古山は「生徒としては、一種独特の雰囲気があり、先生への悪戯や冷やかしも、独創的・先駆的」（『義中会誌』第二六号所収「古山高麗雄 北ビルマ・雲南戦記三部作」林健一）だった。

古山は三年生のとき、親戚のもとに養子に行く前提で、東京に短期間住まい、明星中学に通った。新義州は内地の首都東京を中心に考えれば僻遠《へきえん》の地であり、古山には東京への憧れがあった。周囲には「小説家になるため、フランス語の学べる学校に移ったのだ」と受け取る向きもあった。だが結局は新義州に戻った。新義州では「男女七歳にして席を同じうせず」の教えが反映されていた。義中と新義州高等女学校はさほど離れていなかったが、通学経路は別にしなければならなかった。きょうだいでも男と女の生徒がともに登校することは禁じられていた。

義中の校則は厳しかった。下校しても下駄で外出してはならぬ、料亭のある町を歩いてはならぬ、女学校の近くに行ってはならぬ――。飲食店や映画館への出入りも禁じられていた。

だが喫煙で停学処分を食らう者もいたし、古山はうどん屋にも映画館にも行った。東京では新宿の喫茶店に行っていたくらい、ませていたのだから推して知るべしである。一九三六年（昭和一一）四月、古山を含め義中の四年生たちは満洲への修学旅行に出かけた。満洲事変の引き金となった満鉄爆破の現場では、「爆破したのは日本軍だのに、それを張学良軍の所為にして攻撃の口実にしたことがミエミエの下手な嘘」（『人生、しょせん運不運』）を聞かされた。大人の嘘を見抜く年頃になっていた。

卒業時、彼は成績は首席にもかかわらず、品行不良を理由に平安北道知事から与えられる賞は逃した。代わりに「学力優等賞」を得た。以後、賞の縁は三五年後の第六三回芥川賞受賞まで途切れる。

一九三七年（昭和一二）、「盧溝橋の一発」で支那事変が始まった。これを境に、「暴支膺懲《ぼうしようちよう》」、すなわち横暴な支那（中国）を懲らしめるという言葉が世に広まることになる。

事変勃発の翌年、古山は父の母校でもある旧制の第二高等学校（二高）の理科を受験した。父は出来のよい次男の高麗雄が医師になることを希望していた。医者になるのはいい、でも病院を継ぐつもりはない――古山がそう言うと、「それでもいいから医者に」というのが父の答えであった。

古山には父の出身地である東北に憧憬があった。

だが最初の受験に古山は失敗した。親元を離れて上京し、市谷左内町にある城北高等補習学校（城北予備校）に通ったが、翌年も二高受験で失敗した。口頭試問で、軍事教練の点数が悪いことを尋ねられた際、「教練は嫌いですから」と応じてしまったのも一因だったようだ。軍事教練は「教練」と通称され、軍隊から将校（配属将校）が学校に来て、軍隊的訓練を学生に施すことを指す。支那事変の頃には全国の中学校・高等学校などで導入されていた。古山は国策への嫌悪を素直に示した格好であった。

だが支那事変以来、学生の素行を問題視する風潮がすでにあった。一九三八年二月一六日付「東京日日新聞」は「東京の盛り場で不良青少年、学生を抜き打ち二〇〇〇人検挙」という「不良狩り」にまつわる記事を掲載している。それによると、「いまどき青年や学生がカフェやバーにとぐろを巻いていてはためにならぬ」との理由で警視庁が国民精神総動員週間を期して検挙を行ったという。国民精神総動員運動は、支那事変勃発後、第一次近衛文麿内閣が国民による戦争協力を目的に始められた運動である。

第三高等学校入学と失望

一九三九年（昭和一四）、受験失敗で浪人生活は二年目に入った。下北沢のアパートに住み、城北予備校では安岡章太郎、佐藤守雄、倉田博光、高山彪と知り合った。安岡の言う「悪い仲間」の誕生である。安岡は戦後「第三の新人」として文壇に地位を築く。父は軍医。倉田博光は古山が後年何度も作品に書く親友であり、応召後フィリピンで戦死する。日立製作所の社長を務めた倉田主税《ちから》の四男である。

仲間内でもっとも早熟で、素行的に不良、ボス格だったのが古山である。「悪い仲間」の登場人物で古山がモデルの藤井高麗彦は「どじょう屋、コーヒー店、劇場などを廻り、ほんの短い距離も自動車に乗ったかと思うと、気に入った通りは何時間でもグルグルと我々を引ッぱって歩き

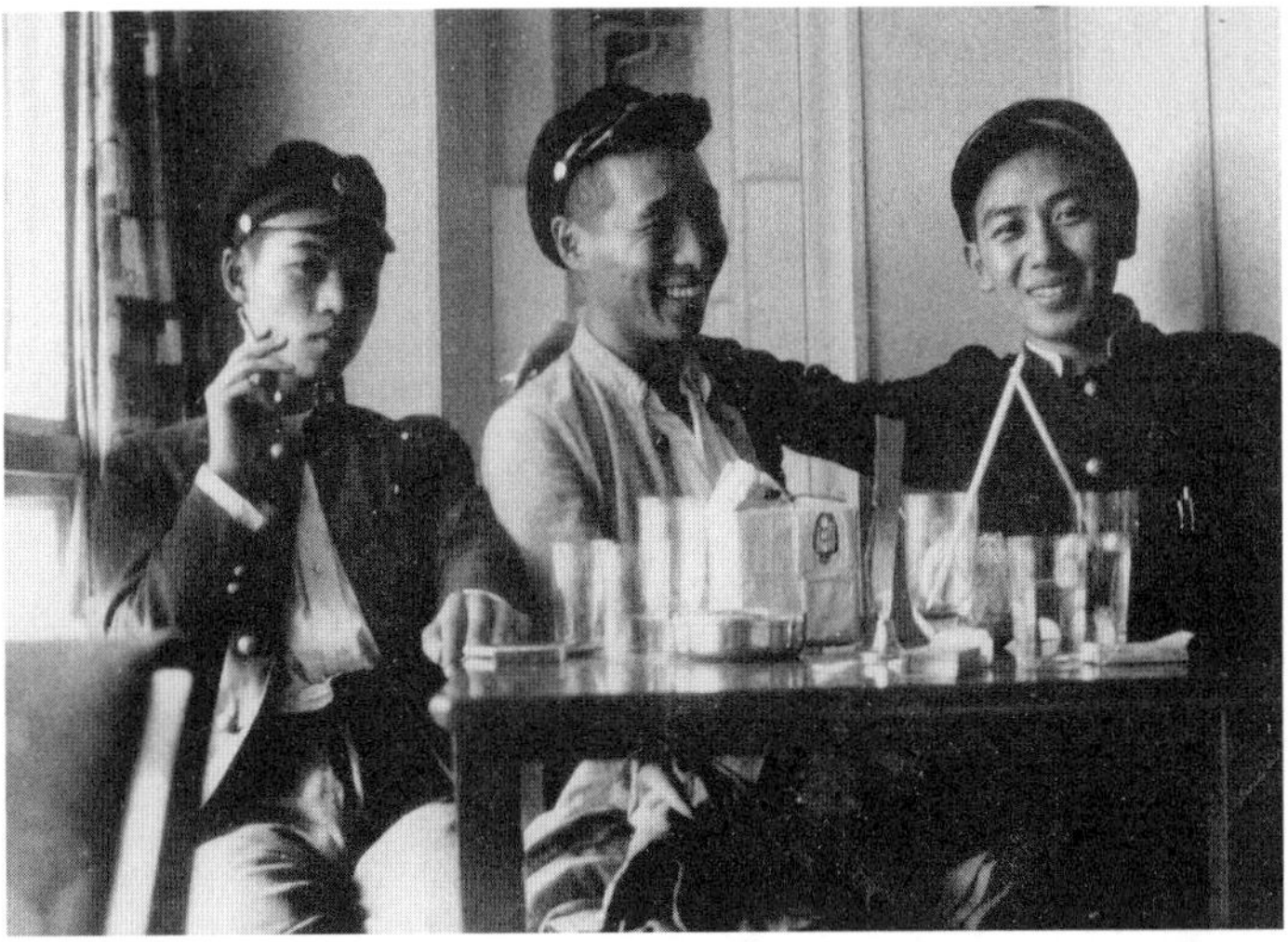
予備校時代の「悪い仲間」。中央が安岡章太郎、右が古山（七ヶ宿町 水と歴史の館提供）

まわった」。藤井はすでに女を知っているし、レストランで食い逃げしたり、食器を持ち帰ったりする。隣家の風呂場を覗こうともする。仲間たちは藤井を理想化し、また感化され、その行為を真似ようとした。

浪人二年目の古山は肺浸潤があるとの医師の診断を受け、一時期は療養のために中国の青島《チンタオ》にある親戚の家で過ごした。

この年は志望を京都の第三高等学校（三高）に、理科ではなく文科に変更した。フランス映画の『巴里祭』を観て気に入り、シャンソンを口ずさむうちにフランス文学志望になったという。

三高を選んだのは日本文化の濃厚に残る土地であることが大きい。外地で育ったことが要因である。加えて「雄大剛健を謳う二高より、自由を標語に掲げる三高のほうが好ましく感じられて来た」（「過保護期の終わり」）

三高は第一高等学校などとともに一八八六年（明治一九）四月に開校した、いわゆるナンバースクールである。初代校長の折田彦市によってつくられた標語、「自由」が根付いていた。『旧制高校物語』（秦郁彦・文春新書）によれば、一高に比較して政治家になった者が少ない一方、学問、文芸、ジャーナリズムに人材を送り出しており、とりわけ文芸では「檸檬《れもん》」の梶井基次郎、「夫婦善哉」の織田作之助（中退）、「真空地帯」の野間宏などが著名である。

一九四〇年（昭和一五）、三高を受験。口頭試問では「八紘一宇とは何か」を問う試験官に、古山は本で読んだ通りに答えた。

「それと侵略主義とはどこが違うかね」

「八紘一宇と言っても、結局は侵略主義です」

受験を控えた年の初め、予備校の模擬試験で「皇紀二千六百年」が作文の課題で出ると、「皇紀二千六百年というのは、呉服屋の何周年記念といったようなことと同じだ」（『岸田國士と私』）と書いて提出した。作家になってから、三高時代について、「日中戦争を正義と教える教育に反撥」と自筆年譜（『小さな市街図』講談社文庫所収）に書く姿勢は、入学前からのものであった。

試験官は古山の返事にうなずいた。古山は合格を確信した。実際に受かり、文科丙類（フランス語）に入学することになった。

他方で合格していた慶應義塾大学医学部の予科は選ばなかった。父には相談の電報を打ったが、好きな方を選べと言われて、三高を選んだ。医学の道を選んでいれば南方を転戦する運命にあいはならなかったかもしれない。一つの岐路ではあった。

難関を突破し、選良の一人になれたことで、古山は「得意の絶頂」にあった。ナンバースクールへの進学は当時、大日本帝国の枢要を占める道を半ば約束するものであった。同じクラスにはのちに外務省で要職を歴任、劇作も手がけた中江要介、読売新聞で論説委員を務めた村尾清一がいた。文芸方面では、新潮社の編集者として太宰治と親交を持つことになる野平健一もいた。

古山は入学当初、自治で知られる寮「自由寮」に入った。寮には門限や消灯の制約がなかった。明治年間から、「規則はあってもこれにとらわれることはなく、むしろきわめてルーズであった」（『神陵史』神陵史編集委員会編・三高同窓会）。

古山は自由を掲げる学校において授業に出なかった。「寮生の一般的欠陥は理性なき欠席にある」と喝破する三高生の言葉が『新編　自由寮史』（三高記念室編・三高自昭会）に引用されているが、古山の場合、欠席の度合いが著しかった。本を読み漁り、年間で三〇〇冊ほど読んだ。ことに愛読したのは岩波文庫の『魯迅選集』（佐藤春夫・増田渉訳）で、作品の一部を諳《そら》んじるほど読み込んだ。書籍代は潤沢であった。新刊の書籍は書店から親元に請求書を送付してもらい、支払いを親が負担した。そういうことができる身であった。

＊　　＊　　＊

戦時色が日本を覆い、奢侈や華美の自粛が進んでいた。すでに前年には業者によって「パーマネント自粛」が始まっており、一九四〇年には「ぜいたくは敵だ」が標語として普及し、東京市内の繁華街に「ぜいたくは敵だ」の立て看板一五〇〇本が設置された。

一九四〇年は皇紀二六〇〇年でもあった。『日本書紀』の記述に基づくもので、国が始まってからの節目ということで、内地・外地で祝賀行事が行われた。一一月一〇日には皇居前で五万人を集め、天皇と皇后を迎えての慶祝式典が開かれた。

自由を標榜する三高も時代の波に飲まれつつあった。

九月、文部省は全国の学校に画一的な修錬組織を置き、名称を「報国団」とせよと指令した。一〇月には大政翼賛会が創立されるが、これは第二次近衛文麿内閣による「新体制運動」の一環であった。三高の動きを『戦中・戦後三高小史』（三高記念室編・三高自昭会）によって見ると、一一月二六日、「全校職員生徒を一体とする修練団体として、報国団を結団した」とある。

報国団の体制下、すべての生徒は鍛錬部および勤労作業部のいずれかの部に属し、同時に文化部のいずれかの部（もしくは班）に所属すべきものとした。文化部の中に芸術部があり、その下に「映画演劇研究会」があった。古山はそこに所属していた。

報国団の結成を受けて自由寮も統制の対象になった。

『新編　自由寮史』には新体制下の報国団結成によって自由寮という呼称が廃止され、寄宿舎の名で報国団の一部となり、「生徒主事の監督が次第に強化され」たことが記されている。

寮発行の「自由寮報」は一〇月一〇日の発行で終刊。同号では「歴史性と社会性との描く頂点に於て、吾が自由寮の記念すべき声明文発表され、吾等寮生の覚悟樹立す」と冒頭に謳った。檄文のようでもある。続けて「国家の新体制に対する吾等の声明文は余りにも当然すぎるものではある」と出された「声明」には「本有の国家観念に凡《あら》ゆる基調を置かねばならぬ事は当然である」などとあり、挙国一致のムードが色濃く投影された。「「自由」の名を戴くイズムは謬《あやま》れる雰囲気を産み行き或は放縦となり或は頽廃となった」（同）として、自由はむしろ斥けられるようであった。古山の堕落は外形だけを見れば、まさに「自由寮報」の言う放縦であり、頽廃に違いなかった。

上からの組織化は「軍国主義による学園支配の強化を示すものであり、三高の場合、とりわけそれは、〝伝統の自由〟への圧迫を意味するものであった」（『神陵史』）

『神陵史』に引用された宣言——苟《いやしく》モ日本国民タルモノ聖旨ヲ奉戴《ほうたい》シテ報国精神ニ徹スヘキハ——を見れば、時局の雰囲気がわかる。

＊　　＊　　＊

あるとき明治年間から三高で物理を教えてきた森総之助校長が大東亜共栄圏の話をした。「日本は東洋の長兄であり、長兄は誤った弟たちを正しく導かねばならぬ」

その時代にあっては珍しくない言説ではある。

古山は挙手して反論した。

「日本が東洋の長兄だとは、日本が勝手に決めたのではありませんか。その考えが許されるなら、中国が、中国は東洋の長兄だから、誤った弟の日本を正しく導かねばならぬ、と考えることも正しいことになりますね」（「過保護期の終わり」）

東洋の盟主を自称し、暴支膺懲などと言い、他国、他民族を圧迫する戦争を正義と考える祖国に、古山は誇りを持てなかった。むしろ国が唱える「八紘一宇だの、天皇の赤子だの、中国を膺懲するだのという考え方」(「オオカミ」)を敵視していた。京都ではごく親しい友人と喫茶店で言葉少なに話し、ときに体制批判的な反戦の言辞を口にした。「この国で出世してはいけない」とも話した。バンカラを気取って弊衣破帽《へいいはぼう》を装うのは旧制高校の伝統であるが、その気風にもなじまなかった。

国策は善であり、自由は悪。

国策には同調しなければならないが、その気にはなれない。左翼運動をする勇気もない。官憲は怖い。自分の考えを素直に口にすれば、特高に捕まってしまうだろう。

ではどうすればよいのか。国に報じることになる若者たちの間で、落ちこぼれることが一つの抗議と思い定めた。

植民地育ちの「坊ちゃん」のエリートゆえの下降願望である。

軍国日本と思い上がった同胞と祖国を憎悪しながらも出世コースに乗っている。それは矛盾であった。出世とは忌むべき社会での出世なのである。苦しみはそこにあった。

国に背く思いで精を出したのは、京都の宮川町や橋本などにある遊郭へ通うことであった。国家への反発は女を求める放蕩の心に合った。学業に励まないのは怠け者であるからだという自覚もあったのだが――

そういう自分を自己弁護するために、反国家的な思考や情念を持ち込んでいたのである。私のささやかな放蕩が厭戦と無関係だったといえばやはり嘘になるが、戦争が嫌いだったから放蕩したといえば、それも嘘になる。（「ささやかな放蕩」）

＊　＊　＊

遊郭のほかに好んで足を向けたのは映画館である。

昭和一〇年代は名作、秀作とのちに語られ、映画史に残る洋画が数多く公開された。ジュリアン・デュビビエ監督の『舞踏会の手帖』『望郷——ペペ・ル・モコ』、ジャン・ルノワールの『どん底』、チャーリー・チャップリンの『モダン・タイムス』、フランク・キャプラ監督、ジェームス・スチュアート主演『スミス都へ行く』、ジョン・フォード監督の西部劇『駅馬車』、ゲーリー・クーパーとマレーネ・ディートリッヒが共演した『モロッコ』、「神聖ガルボ帝国」と言われるほどの人気を誇ったグレタ・ガルボの『アンナ・カレニナ』『椿姫』……

劇場は姿を変えつつあった。昭和一〇年代には、「浅草や新宿などの盛り場を中心に、定員五、六百人くらいの、ペンキ塗り木造建築だった活動小屋が、鉄骨鉄筋で、客席三、四千人という大劇場として、主要都市のメイン・ストリートに建ちならび、夏は冷房、冬は暖房と至れり尽くせりの設備を誇るようになった」（別冊1億人の昭和史『昭和外国映画史』毎日新聞社）

暗い時代と描かれがちだが、映画好きの心を満たすものがまだあった。

「悪い仲間」で回覧雑誌づくり

京都にいる間も東京で浪人生活を送る「悪い仲間」との付き合いを続けていた。

安岡と小学校、中学校をともにしていたために仲間の一人となった佐藤守雄の回顧録『曲がり角で――若いころの安岡章太郎・古山高麗雄たちとの交友に触れて』（私家版）は副題の通り、古山と安岡の姿を明らかにしている。同書に従うと、安岡の関心はもっぱら映画に向けられており、古山とよく映画論を戦わせていた。彼はまた古山の個人的な魅力――予備校生らしからぬ超然とした生活態度――に心ひかれていたという。

仲間の間では回覧誌の制作が企画された。企画は「昭和十五年も五月末か六月の初めになってから」（同）立てられた。古山は「オレもいよいよ小説を書くぜ……」と言ってきっかけをつくったという。誌名は「風亭園倶楽部《ふうてんくらぶ》」で、佐藤は安岡の案だったと振り返るが、もとは予備校時代の古山が「ふうてん快速」を自称していたことにあるらしい。

京都に戻っても古山は「悪い仲間」にもあるように、手紙を頻繁に東京へ送った。『曲がり角』ではその状況が詳述されている。

> 『風亭園倶楽部』の結成以来、古山は実にマメに手紙をよこした。しかも、相当に長文の凝ったもので、ある時は洋罫紙の裏表にぎっしり五・六枚書いてあるかと思うと、次には巻紙に筆字といったぐあいである。内容も京都の生活風景と、その中で彼が演ずるフーテンぶりを中心に、学校や時局に対する批判、文学・映画に関する論評、遊里の徘徊記など多彩をき

わめていた。

一週間から一〇日に一通、仲間たちには順繰りに手紙を送る。受け取った側ではそれを仲間内で回し読みする。「仲間意識がいやが上にも高まる一方では、古山にオクレをとるまいとする競争意識も刺激される結果になった」（同）

仲間たちが同じ原稿用紙に書き、綴じて表紙を付ければ回覧式の同人雑誌ができあがる。原稿用紙は安岡章太郎が調達した。作家が使うことの多い神楽坂の相馬屋のものであった。

企画を話し合った次の上京時、古山は執筆を開始したと言い、「三枚目の幸福」という題名と構想を語った。フーテンじみたことをしている若者が「下宿の上さんに挑みかかろうとして梯子段から突き落とされるところで終わる予定なんだ」（同）と明かした。

古山がこのように構想を語った日、古山と安岡が意見を対立させる一幕があった。一九三六年（昭和一一）のベルリン・オリンピックの記録映画『民族の祭典』が議論に上った。『曲がり角で』は「古山がヒットラーと全体主義に対して強い反発を示したのに対して、安岡は記録映画の芸術性ということに力点をおいて、入場行進のシーンや百メートル競走のスタート場面に芸術美を強く主張した」と書く。

古山は最終的に原稿用紙三〇枚ほどの作品に仕上げた。処女作である。佐藤によれば、彼の筆名は「古山困夫《こまお》」。雑誌の題字「風亭園倶楽部《ふうてんくらぶ》」は安岡が書いた。

厚紙の表紙には深紅の紙を貼った。同じ厚紙で函をつくり、そこには銀色の紙を貼った豪華本の画集を思わせるものだったという。

安岡が古山デビュー後の対談で語ったところでは、この「風亭園倶楽部」の「三枚目の幸福」に加え、古山はもう一度書いた。さらに「帰省学生群」という書かれざる一作もあったという（「弱者の文学・強者の文学」）。

成績劣等、素行不良で退学へ

一九四〇年（昭和一五）九月の北部仏印（フランス領インドシナ）進駐で日本が南進に大きく舵を切って活路を求める中、古山の三高での学生生活は最初の年にもかかわらず行き詰まった。成績は劣等を極めた。二学期を終え、三学期にはよほどの好成績をとらない限り、進級は厳しい状況になった。

京都大学大学文書館に残る「昭和十六年度成績表」で文科丙類一年生の成績を一覧してみると、古山のそれは突出して悪い。一学期が三八人中最低、二学期は下から二番目。理科系の教科がひどかった。しかも年間の欠席日数はクラス最多の四七である。

一年目から落第するような者は、退学させられると聞いた。

『第三高等学校一覧』には退学に関する規定が記されている。

退学を命じる条件としてこうある。

「性行不良ニシテ改善ノ見込ナシト認メタル者」「学力劣等ニシテ成業ノ見込ナシト認メタル者」「出席常ナラサル者」――いずれにも古山は該当すると言ってよい。

三学期の試験の直前、母危篤の電報を受け取ると、試験勉強を置いて新義州に向かった。「古山は放校になるのではないか」という噂も聞いていた。試験には間に合うように京都に戻って試験は受けたが、落第が決まると、学級主任で、戦後J・P・サルトルやA・カミュの翻訳で知られる伊吹武彦に自分の落第が放校になるものなのか尋ねた。「過保護期の終わり」によれば、「あなたのような人は、辞めたほうがいいのではないでしょうか」と答えた。「そうですね、僕もそう思います。退学届を出します」と古山は応じ、退学届を学務課に出した。

学校の記録「欠席届綴」では、退学は昭和一六年三月三一日付。

理由は「一身上ノ都合ニヨリ」と記された。右の記録を見る限り、病気など客観的にやむを得ぬ理由で退学する者がほとんどの中、「一身上ノ都合」はごく異例と言うほかない。

先輩の織田作之助の場合、一九三一年（昭和六）入学、三年で二度落第して、三度目の落第が決定的となってから自主退学している。

三高退学後、古山は東京に戻った。古山の無為徒食の生活が始まった。神楽坂に近い横寺町のアパートから柳橋、浅草の入谷町、最後に新宿駅近くの旭町と移り住むことになる。

この年の春、安岡章太郎と倉田博光は慶應義塾大学予科の文科に合格していた。道を踏み外した古山を「悪い仲間」たちは英雄扱いで迎えた。彼を中心に銀座の喫茶店に集っては文学や映画の話で盛り上がった。喫茶店は銀座、電通（当時）近くの「耕一路」「娯廊」といった店で、そこで学生帽に学生服の彼らはとぐろを巻いた。

戦時色の強い時期だからこそ、仲間内では「江戸戯作者の精神で生きなければ」「江戸趣味研究会をつくろう」と申し合わせた。住まうところは古山が柳橋、安岡は築地小田原町、倉田が新橋烏森と、隅田川に近い場所を選んでいた。揃って軟派とも不良ともとれる生活——出世を望まず、娼婦を愛するような——に明け暮れることにした。「悪い仲間」は永井荷風のように生きようとしていた。『濹東綺譚』に描かれた隅田川の向こう、寺島町（現在の東向島五丁目あたり）にあった私娼街、玉の井へ通った。

玉の井では勝子という名で出ていた女と親しくなった。のちに新宿駅近くの旭町に引っ越すまで通い、最後の別れのときにはこんな言葉をかける間柄になった。

「軍隊に入ったら、仙台だから、もう来れない。戦地に連れて行かれるかも知れないし、そしたら死ぬかも知れないし、どっちにしても、もう会えない、さようなら。僕は勝ちゃんが好きだった」（「わたしの濹東綺譚」）

古山たちは転落を競い合うムードの中を生きていた。仲間の一人、佐藤守雄は進路を理科から文科に変えた。転科を考えれば「ヒロイックな気分になって行く自分を抑えることができなかった」（『曲がり角で』）。

大陸での戦争が続き、国策に沿わず文学の道に入ろうというのは、彼ら芸術を志向する者たちにとって英雄的な行為に違いなかった。

古山には希望があった。文士になることである。安岡章太郎の『僕の昭和史』には、尾崎一雄の小説を映画化した『暢気眼鏡』を観てから「ええなア、文士はええなア。おれも将来、貧乏覚悟で三文文士になろうかなア」と語る古山のことが書かれている。文士の中でも「なれるものなら大衆演劇の脚本書きになりたい」（「遠い過去から」）のであった。

新宿ムーランルージュか浅草オペラ館の座付き作者に――

柳橋のアパートで古山は書いた。南京虫が這い出る夜は眠らずに脚本を書いて、明け方から眠った。

安岡がのちに語るところでは、「しきりに浅草の小屋なんかに脚本を持ち込んでは、断られる」（「弱者の文学・強者の文学」）日々であった。

断られ続け、最後には自棄になったという。「勘亭流の習字の手本をどこかで買ってきて、脚本を全部勘亭流で無論、墨と筆で書いていた。これならだれも読めねェだろうといって」（同）

勘亭流とは「歌舞伎の看板や番付などに用いられる書体」（『大辞林』）である。

古山はこの時期、銀座を離れて薬研堀《やげんぼり》にある喫茶店「紅ばら」に通い詰めた。「悪い仲間」が集まる場にもなっていた。大豆を焦がした代用コーヒーでなく、本物のコーヒーを飲ませる店である。主人は客を試す人で、古山が出されたコーヒーの味を理解すると知って以降、「古山さん用のコーヒー」を出すようになった。一杯二円。柳橋の部屋は月額六円。

安岡が素描する古山は、古着屋で買った着物をいい加減に着て汚し、その格好で玉の井に出かけ、女たちから「いつ出て来たの」と出獄者と勘違いされるのであった。

昭和の一〇年代、大卒銀行員の初任給が七〇円だった。勘当ものの所行を重ねていた古山であるが、退学を知った姉は父に明かさぬまま、毎月八〇円の仕送りをしていた。それを弟は一週間ほどで蕩尽した。

仲間たちは辛辣ないたずらを仕掛け合っていた。佐藤の『曲がり角で』には、だまし、だまされの関係が記されている。彼らは仲間が付き合っている女から来た手紙に同封されていた金を無断で使うばかりか、さらに金を送らせようと企んだり、出征する仲間を送る会をやると称してほかの仲間から会費を集めて持ち逃げしたりしていた。

対米開戦にもひどく無感動

古山は仲間の間でしか通じない正義――反戦的なもの――を実行し、もっともヒステリックであった。仲間たちを転落の道連れにしたい意識があった。彼の徹底した堕落志向を追っていた安岡章太郎も、自筆年譜によれば、慶應の予科入学後の一学期が終わって以降、「嫌気」がして、「悪い仲間」から遠ざかる。

「何も古山を村八分にする気持ちはなくても、尊敬していても、しばしば遠のかざるを得ない」(「弱者の文学・強者の文学」)のであった。古山のほうでは、周囲から仲間が逃げていくように見えた。

一九四一年(昭和一六)七月三日、二月に脳溢血で倒れ、病を養っていた古山の母みとしが新義州で死んだ。

母が亡くなった日、古山は横浜の山下公園のベンチで夜を明かしていた。知らせを受け取るのが遅れた。東京から下関まで特急で一八時間、下関から釜山へ関釜連絡船で六時間、釜山から新義州まで一八時間を要した。家に着くと母の葬儀は終わっていた。母は古山の三高中退を知らないまま逝った。

＊　＊　＊

七月二八日、日本軍は南部仏印に進駐した。世に言う「南部仏印進駐」である。前年九月の北部仏印進駐に続くものだが、これがアメリカによる全面的な対日石油輸出禁止措置、日本の在米資産凍結を招くなど、大東亜戦争の直接的な契機となった。

一二月八日、真珠湾攻撃、マレー半島上陸によって大東亜戦争が始まった。ラジオ放送は「西大西洋上で米英蘭と戦争状態に入れり」と伝えた。

古山はその日、日頃の夜更かしから昼に目覚め、床を出て紅ばら珈琲店に出向いた。店では主人と客たちが開戦の報に興奮していた。それを知らされた古山はその場にいた安岡章太郎によれば「キョトンとした顔つきで」（「昔の仲間」）こう言った。

「へーえ、このぶんじゃ、いよいよアメリカと戦争がはじまりますかな」（同）

ひどく無感動で素っ気ない態度であり、安岡は見事なものと驚嘆した。

古山にショックはなかったが、「バスに乗り遅れるな」という標語に反発を感じていたから、「これでどうしようもなさが、決定的になったな」（「巨大なバスが走りだした」）と、思った。

年が明けてまもなく古山は柳橋の部屋を追い出された。「部屋代の支払が遅れがちであり、定職もなくぶらぶらしている生活ぶりから、うさん臭く思われ嫌われたのである」（自筆年譜『小さな市街図』講談社文庫所収）

その頃、陸軍が英領シンガポール攻略を目睫《もくしょう》にマレー半島を進撃中であった。緒戦の勝利の連続に日本中が沸いていたが、古山は下降の道をひたすら進んでいた。

次の部屋は、仲間の倉田博光が浅草入谷町に部屋を見つけてくれた。リヤカーに荷物を積んで移った。荷物はリンゴ箱が一つに、火鉢が一つ、布団が一組。

一方、息子の退学を父佐十郎はついに知った。東京で古山の姿を見かけたという人の話を、友人を介して聞き、気づいたらしかった。父は嘆き、大学だけは出るようにと求めた。

学費途絶を言い渡されると仕方なく日本大学の芸術科の入試を受けた。古山自身は戦後、学校に入らなかったと受け取れる回顧をしているが、「悪い仲間」の一人、佐藤守雄の回想によれば、古山は日本大学の芸術科を受けて入学こそしたものの、出席はしなかった。同じく安岡章太郎の記憶では、古山は一応入学したらしい。だが入試の成績がよすぎたため、教練の大隊長をさせられることになり、登校しなくなったという。

一九四二年四月二五日、仙台市公会堂で徴兵検査を受けた。第二乙種で合格となり、一〇月には召集されるだろうと言い渡された。

徴兵について説明すると、敗戦まで日本は兵役を国民男子の義務としていた。男子は満二〇歳で徴兵検査を受け、甲種、第一乙、第二乙、丙種に分けられる。彼らは合格である。身長不足、身体障害者は丁種、戊種とされ不合格である。甲種は当然最優良で体格がよく、膂力のある者が選ばれた。乙種以下は平時なら補充兵として待機扱いだが、大東亜戦争中のこと、古山も召集は免れない状況にあった。

生家が人手に渡る

召集が迫っていたものの、放蕩生活を送って窮した古山はなおも脚本家になる望みを捨てていなかった。

仲間の倉田博光のつてで彼の叔父で画家の庫田叕《くらたてつ》により、詩人・小説家・劇作家の菊岡久利《きくおかくり》の知遇を得た。

新感覚派の作家、横光利一に師事して世に出た菊岡は当時三三歳。新宿の軽演劇場ムーランルージュに企画・宣伝の担当として勤めて六年ほどが経ち、古山が訪ねたときはすでに職を辞していた。

ムーランルージュはフランス語で「赤い風車」の意である。屋根には赤いイルミネーションをちりばめたオランダ風車が回っていた。劇場は満洲事変の起こった一九三一年（昭和六）の一二月三一日にオープンして以後、学生、インテリの支持を受けていた。

古山はムーランルージュの座付き作者になりたかった。

菊岡が便宜を図り、ムーランルージュ館主の佐々木千里による面接も設定された。だが古山は面接に寝坊して遅刻した。朝九時の約束にもかかわらず浅草の部屋で昼まで眠り込んでいた。『わが心のムーランルージュ』（横倉辰次《よこくらたつじ》・三一書房）によれば、この時期の菊岡は、四谷区旭町にある井上運送店に顧問格で入り込み、金を会社から出させて移動劇団「珊瑚座」を立ち上げようとしていた。

古山は、菊岡の配慮で井上運送店で食い扶持だけは得られることになった。運送店のある旭町は、現在の都立新宿高校から明治通りを渡って新宿高島屋に至るまでの一帯である。いわゆるドヤ街で、簡易宿泊所が面影として残る。かつては新宿駅の貨物取扱所が至近であった。

浅草入谷町の部屋を引き払って旭町で古山は二畳の部屋を借り、井上運送店に顔を出した。「飯だけは食わせてやる」――店主からはそんな言われ方をした。自分のところで雇うつもりはなかったらしい。

一度、書いた脚本を菊岡の後任に読んでもらった。キスシーンのある、時局を無視した作品でタイトルは「店者《たなもの》」。評価は「絶対に検閲に通らないからだめだ、いいのは題名だけだ」だった。

＊　＊　＊

巷には勝利の気分が漂っていた。

一九四二年（昭和一七）二月一五日、シンガポールを攻略。翌日大本営報道部長の談話が朝日新聞に掲載された。「米が今後更に攻勢をとろうとも、敗残を繰り返すのみであり、我が無敵海軍と共に撃滅あるのみである」と述べた。

三月五日にはオランダ領東インドの首都バタビア（現ジャカルタ）を占領、同八日、英領ビルマの首都ラングーン（現ヤンゴン）を攻略。米比軍総司令官ダグラス・マッカーサーは三月の時点でオーストラリアに逃れていた。日本は五月七日にはそのフィリピンも制圧した。「無敵皇軍」という形容も嘘ではない快調な進撃だった。

だが、六月五日には中部太平洋で戦われたミッドウェー海戦で日本海軍は完敗を喫していた。

さらに八月六日から明けて七日午前六時過ぎ、南太平洋ガダルカナル島（ガ島）に対し、米軍が猛烈な艦砲射撃を開始した。日本海軍が設営中の飛行場をめぐる戦いの始まりであり、太平洋戦線における米軍の本格的な反攻を告げるものであった。

九月二〇日、第二師団がガ島の戦いに投入された。古山がやがて入隊する部隊である。第二師団は日本陸軍創設の頃に生まれた精強師団で、「国宝師団」とも呼ばれた。日清戦争、日露戦争、満洲事変を戦っている。隷下に歩兵第四聯隊（仙台編成）、歩兵第二九聯隊（会津若松編成）、歩兵第一六聯隊（新発田《しばた》編成）を持つ。兵は宮城、福島、新潟の三県出身者からなる。

圧倒的な物量を誇る米軍に対し、一〇月二四日から第二師団は攻撃をかけた。それらは鉄条網と弾幕に遮られた。装備と食糧は乏しく、たちまち飢餓に追い込まれた。一〇月二六日には、ガ島奪還を指揮する第一七軍司令官の百武晴吉《ひゃくたけはるよし》中将が攻撃中止を決定するに至った。

＊　＊　＊

古山は八月、新義州に帰った。実家の整理のためであった。妻の死後、意気阻喪した父は病院を人に渡そうとしていた。悄然としてベッドの上にあった。家族だけでなく、訪ねてきた縁戚の者にもそういう姿を見せていた。

そんな折だが、帰省した古山は芸者を自宅に連れてきて姉の不興を買った。

この年の九月から一〇月にかけて古山医院は「朝鮮人の李某氏」の手に渡った。肺結核を患う三歳年下の妹千鶴子が京城（現ソウル）の京城医学専門学校の附属病院に入院したため、古山は彼女を見舞って日を送った。結核の中でも奔馬性肺結核という種類で、進行が速いらしかった。病室では、妹に将来を語り、小説を読んで聞かせた。

見舞いの際、新義州の実家から召集令状が来たことを知らせる電報が届いた。古山は「また一つ、運命が決まった」と思って受け取った。応召して内地に向かうとき、妹との別れを思い、病院から京城の駅まで涙を落として歩いた。千鶴子は父とともに別府に移ってのち、死んだ。

入営に指定された日の朝、古山は歩兵第四聯隊の衛戍地《えいじゅち》、仙台に到着した。兵営は現在の榴岡《つつじ》公園に位置していた。

兵籍資料（戦地再訪記『兵隊蟻が歩いた』記載）によれば、古山の入隊は一〇月一日。兵籍資料とは入隊から除隊までの間、所属部隊や移動した土地などを記録したものである。

入隊日、彼の到着はもっとも遅く、本籍地の七ヶ宿村の役場から派遣された担当者はその姿を見て安堵した。

徴兵忌避は一族に累が及ぶ犯罪の時代である。反戦的言辞を口にし、大東亜共栄圏に疑問を呈した古山も兵役に就いた。「尽忠報国」「お国のために」などとは思えないが、逃れる方法などなかった。古山高麗雄、二二歳の秋であった。

第二章　「兵隊蟻」の戦争

軍隊になじまない兵隊

古山が入隊した歩兵第四聯隊は第二師団の戦闘部隊である。聯隊はほぼ都道府県ごとにまとまっており、本籍地で入隊する聯隊が決まる。第四聯隊への入隊は本籍地が父と同じ七ヶ宿村だったことからそうなった。

兵営は仙台駅の東に位置する。兵舎の一部が榴岡公園に残り、仙台市歴史民俗資料館として使われている。

ここで帝国陸軍について説明する。支那事変までは帝国陸軍には一七個の師団があった。第二師団もその中の一つである。

支那事変以降、師団は概ね三個の歩兵聯隊を擁した。聯隊以下、大隊、中隊、小隊、分隊となる。一分隊は一〇人で最小の単位である。

それぞれの単位に「長」がおり、師団長は中将、聯隊長は大佐、大隊長は少佐、中隊長は大尉か中尉、小隊長は少尉、分隊長は軍曹や伍長が務める。

階級について説明を加えると、上から「将官」である大将、中将、少将がいる。「佐官」は大佐、中佐、少佐。「尉官」は大尉、中尉、少尉。「下士官」に准尉、曹長、軍曹、伍長。下士官の下の「兵」は兵長、一等兵と続く。入営時は二等兵で、初期の訓練を半年ほど受けると、師団長クラスが教育・訓練の進捗確認する一期《いっき》検閲《けんえつ》がある。これを経て二等兵から一等兵になる。階級で言えばその上は上等兵だが、誰でも上等兵に進級できるわけでなく、一等兵からすれば上等兵は「神様」と呼ぶべき存在だったといわれる。

大東亜戦争中は下級将校、下士官が不足した。いずれも中隊長・小隊長、あるいは分隊長として、実際の戦場で兵隊を指揮する者たちである。陸軍では、幹部候補生（幹候）の制度を設けて将校、下士官の不足に対応しようとした。

『日本軍隊用語集』（寺田近雄・立風書房）によれば、「大学・高等専門学校出は将校になる甲種幹部候補生、中学・商業・興業・農業学校三年以上の者は下士官になる乙種幹部候補生分かれる」のであった。古山自身の回想では「旧制中等学校を出た者は、甲種幹部候補生の試験に合格すれば、将校になれたのである」（「輸送船が出た港」）

＊　＊　＊

古山と同じ日に入隊した者たちは、「一〇月一日《いっぴ》組」と部隊で呼ばれた。入隊日が一九四二年（昭和一七）一〇月一日だからだが、彼らは学校卒で幹候の要員とされていた。少し前に入隊した「九月二〇日《はつか》組」は三〇歳に近い家庭持ちも多く、おおかたが古山より年長であった。

古山は中学校を卒業している。高等学校こそ中退しているものの、優秀な頭脳の持ち主と思われて当然である。上官からは幹候の試験を受けるよう求められた。受けるだけしたが、白紙の答案を出して落第した。

軍隊は思い上がった祖国の象徴である。そこで上を目指す気はもとよりなかった。

軍隊は軍人という鋳型に人を押し込めようとする。一般社会を「地方」と呼び、一般人を「地方人」と呼んだ。

入営して最初、兵隊は初年兵と呼ばれるが、初年兵は軍人勅諭、すなわち「我国ノ軍隊ハ世々天皇ノ統率シ給フ處ニゾアル」で始まる「陸海軍軍人ニ賜ハリタル勅諭」を暗誦しなければならなかった。「軍人ハ忠節ヲ尽スヲ本分トスベシ」「軍人ハ礼儀ヲ正シクスベシ」――

その軍隊に古山はなじもうとはしなかった。軍隊に順応しない生き方にこだわった。

例えば「明治八年重陽に　護国の大命賜りて　我等の軍旗を畏《かしこ》くも　親しく授けられしより」と始まる「歩兵第四聯隊歌」も、部隊に所属する者として諳《そら》んじておくべきものであったが、覚えようとしなかった。

軍隊には内務班という仕組みがある。内務とは、兵営内の生活を指す（逆の「外務」はなく、外務班もない）。内務班は兵営内での生活の最小単位で、一個中隊に一〇班くらいあり、一つの班は約四〇人。班長は軍曹もしくは曹長が務める。

内務班では自らの小銃や軍靴の手入れを行う。できが悪ければ懲罰の格好の理由になって殴られたりする。初年兵は自分のことだけでは終わらない。古参兵（年次の古い兵隊）の洗濯、軍靴の手入れなども行わなければならない。

多くの初年兵と同じく内務班は古山にとっても当惑と屈辱の場であった。年長の古兵が「戦友」だと言われると、額面通りに受け取って「殿」をつけずに呼んで殴られかけた。見張りのため「不寝番」に立った際、煙草を吸って下士官に殴られた。

天皇の分身と教育される歩兵銃はきわめて丁寧に扱うべき対象である。あるとき古山のそれに「鼻毛ほど」のゴミが残っていた。見咎められ、中腰で捧《ささ》げ銃《つつ》をし続けよと命じられた。捧げ銃とは、両手を突き出して銃を保持することである。荷物棚の下で中腰になってこれをやれというのは体罰であり、リンチである。疲れて腕が下がってくると殴られた。古山はぼろぼろと涙をこぼした。

そもそも聯隊は基本的に衛戍地近辺の者たちを兵として集める。「郷土部隊」と言われる所以《ゆえん》である。郷土の言葉が話され、誰がどこの村の出身者かもわかる。本籍だけその土地にあり、別の土地で生まれ育った者は異質と見られ、私的制裁の対象となりやすかったという。

＊　＊　＊

古山は当初、第四聯隊第一機関銃中隊に所属した。農家出身の屈強な若者に囲まれ、自らの膂力貧弱を痛感した。懸垂が一回もできず、俵を担いで走る訓練では、走りだすこともままならなかった。

厳しい訓練で脱肛して手術のために仙台第一陸軍病院に入院した。病院（現仙台医療センター）

はプロ野球・東北楽天ゴールデンイーグルスが本拠地を置く宮城球場の近くにあった。

入院先にセーラー服姿の女学生が見舞いに来ると、古山は他の入院した兵隊とともに写真に収まった。軍帽に白衣という服装である。入隊後に他の同年兵らと撮影された集合写真では、厳しい表情を保った彼も、このときはカメラの前で軽く微笑んだ。

古山には第四聯隊で得た唯一の友人がいた。太宰治の弟子だという戸《と》石泰一《いしたいいち》である。彼は一九四二年に東京帝国大学文学部国文科を卒業している。阿川弘之とは遊び仲間の文学青年である。

古山は戸石には本音をある程度話せた。休日には彼とともにその実家に行った。家には戸石の妻（入営前に結婚した）と母がいた。古山は戸石の妻に頼み、ラブレーの『ガルガンチュワ物語』の購入を頼み、次の外出日に受け取って兵営内に持ち込んだ。兵舎では消灯八時半、起床六時半であったが、勉強熱心な者、幹候試験を受ける者は夜、兵営内の一室で学習が許されていた。古山はそこで文学書を読んでいた。

文学書を外で調達して持ち込むなど、見つかれば制裁を受けると覚悟していた。床下に隠したが、もし露見したら戸石のことは話さず、自分で購入したと言うつもりであった。

一方の戸石は、自著の『消燈ラッパと兵隊』（KKベストセラーズ）によれば、岩波文庫の『好色五人女』を持ち込んだところ、年少の少尉に見つかって殴られた。

戸石が見ると、古山は上級の者から目をつけられやすい存在にほかならなかった。植民地育ちだから東北の言葉を話さず、高等学校に学んだ「エンテリ」であり、始終哀しそうな顔をして、周囲になじまないからである。

「軍隊に入ると、とたんに私は誇りなどといったものは、見失ってしまった」（『龍陵会戦』）と振り返る古山にとって、残された誇り――恥ずべきものを恥じない同胞の姿を、密かに恥じる――にしがみつくしかなかった。

フィリピンへ送られる

一九四三年（昭和一八）の正月休暇には父の故郷、七ヶ宿村の渡瀬《わたらせ》を初めて訪ねた。仙台から東北本線で南下して白石まで出る。当時、白石からは七ヶ宿までバスで一時間ほどかかっていた。訪ねる先はバス停の前であった。「佐十郎の次男の高麗雄ですが」と言って、親戚たちに生まれて初めて会った。村は旧正月を祝っていたから、まだ正月ではなかった。それでも餅をついて歓待してくれた。冬は渡瀬から上の集落にはバスが通わなくなるような時代であった。

＊　＊　＊

日本が正月を祝って間もない一月四日、第二師団主力が戦ったガ島では「転進」の命令が下達された。二月一日に第一次撤退、同四日に第二次撤退、同七日に第三次撤退が実行に移された。前年の八月からガ島に上陸した陸軍の人員は三万一四〇〇名。そのうち約二万八〇〇〇名が死んだ（数字は資料により若干異なる）。これは上陸人員の六六％に達する。

「純戦死は五、六千名と推定されているので、残りの一万五千名前後（上陸総人員の四八％）が戦病にたおれたことになる」（『陸戦史集22　ガダルカナル島作戦』陸戦史研究普及会編・原書房）。

第二師団はニューギニア島東方のブーゲンビル島に退き、ニューブリテン島経由で四月、フィリピンに向かった。五月七日、マニラに上陸した。

フィリピンはまだ平和であった。マニラの繁華街には米国製の食料品が並び、ショーウィンドウには色鮮やかなドレスがあった。

第二師団はマニラ北方のカバナツアンに師団司令部を置き、近在の各地に隷下部隊が駐留して警備にあたった。急務は内地から送られてくる補充兵を加えて再建を図ること――

幹候試験に落ちた古山はこの年の五月、補充兵として内地を発つことになった。

支給された被服は夏物で、南方に送られることは事前にわかった。

古山には決心があった。

　日本人が日本人であるというだけの理由で、南方の民族より優れているような気になってはいけない、他人はともかく自分は、いわゆる現地人と日本人と、まったく変わらぬ心でつきあおうと自分に言い聞かせた。

（『兵隊蟻が歩いた』）

そう思うと、朝鮮人を差別することに抵抗を感じなかった自分のおかしさに気づいた。

出征前、三泊四日の休暇が与えられた。別府の父のところに行く余裕はないと考え、神奈川県座間の姉のもとへ行った。相模川の鮎を食わせてもらった。ちょうど弟の登が高等学校受験のために寄宿していた。横浜に出て、有隣堂で古山はマレー語の教科書を購入した。

いよいよ出征のとき、兵営から仙台駅まで市民に見送られて行進した。列車は東北本線を南下した。新宿を通過し、品川を経由して東海道線を走った。防諜のためブラインドは下げられていた。それでも新宿のあたりを通過するのはわかった。

「ああ、これで新宿、いや、東京とは永遠のお別れかもしれないなあ」「これですべて終わりだ」と思ったことを、戦争三部作のうち、すべて実名で私小説として書いた『断作戦』で述べている。

「戦意を持つ意志はなく、戦地に行ったら戦地に行ったで、何かを愛そうと心に決めて」（『兵隊蟻が歩いた』）の出征であった。

「自分が殺されかねないとき以外は、人を殺さない」（「辺見庸の屈せざる者たち」）とも決めていた。

山陽本線から呉に出た。宇品《うじな》から輸送船に乗った。あてがわれたのは船倉で、蚕棚《かいこだな》と呼ばれる寝台が備え付けられており、狭いつくりであった。

遠く南溟《なんめい》の地に送られる自分を、古山は「瓶の中に閉じ込められた蟻」と思っていた。小さな蟻が瓶に入れられて別の場所で「さあ歩け」と言われる。蟻にしてみればとてつもない距離である。自分もそのような蟻だと思った。

＊　＊　＊

補充兵たちは七月七日、マニラに上陸。ルソン島北部の町カバナツアンに入って訓練を続けた。カバナツアンに着くと、班長に呼び出されて聞かれた。両親が健在か否か、許婚《いいなずけ》の有無、恋人の有無……母は死に、許婚はいない、恋人もいない。だから「おまえ死んでも悲しむもの、いねえでねえか」と言われ、決死隊では一番先に出してやるというのであった。この町で古山は自分が第二師団司令部管理部衛兵隊に転属していることを知った。第二師団の通称号は「勇《いさむ》」である。敗戦近くに設置された師団を除き、師団は一文字の通称号を持つ。古山自身の説明では――

　第二師団司令部の戦地での通称号は、勇第一三三九部隊であった。第二師団の部隊にはみな、勇という通称号がついていた。通称号がついているのは、それぞれがどんな部隊であるのかわからないようにするための防諜的配慮によるものだということであった。

（「優勝記略」）

防諜とは敵に知られることを防ぐことである。

古山は司令部の唯一の戦力が管理部衛兵隊と上官から言われ、「なるほど」と思った。兵隊とはそれくらい、自分を取り巻く全体を知ることの少ない存在である。

師団司令部は隷下の戦闘部隊とは異なり、最前線で戦うことはない。内部では参謀部、経理部、軍医部、管理部といった部に分かれている。

衛兵隊は四個分隊からなっていた。その一個分隊は約一〇人――。四個分隊のうち二個分隊は重機関銃分隊で、隊長は下士官。兵隊には番号が振られるが、番号が若いほど、その兵は精強なのである。銃手となる一番から四番、五番以下は弾薬手で、古山は最後の番号であった。これは戦場を巡る中で変わらなかった。

フィリピンでは、ガダルカナルの戦いを生き延びた者たちから戦いと飢餓について聞かされた。米の配給が一日一勺であったこと、一勺とは盃一杯であること、それを粥にして食ったこと。

第二師団は、開戦当初のジャワ作戦で師団長を務めた岡崎清三郎中将が再び指揮を執ることになった。岡崎が見て、将兵にはジャワ作戦当時の面影がなかった。小隊長たちのほとんどが幹候上がりで、予備士官学校で教育を受けたばかりの見習士官であった。兵器は失われ、あっても借り物が多かった。岡崎は回想録『天国から地獄へ』（共栄書房）でそんな回想をしている。

＊　＊　＊

古山は土地の人々に親しみたかった。タガログ語の速成教科書を求め、片言で話そうとした。フィリピン人に対して、日本軍の歩哨の前を通るときには敬礼せよという張り紙を見て、「ただただいやがらせと感じるんじゃないか」（「兵隊蟻の戦場再び」）と想像力の欠如を感じた。

町では写真を撮ってもらった。兵営には日用品や飲食物を売る酒保《しゅほ》があるが、そこで働く娘から「写真を交換しよう」と言われてその気になったのである。外出日に兵営の外の写真屋に入った。「紅顔の美少年」と言うにふさわしい一枚ができあがった。

紙に焼かれたのは三枚。一枚は娘に渡した。一枚は自分で持った。もう一枚は別府の父のもとへ手紙に同封して送った。この手紙が従軍五年間でただ一度、出したものであった。自分で持った一枚はのちに雲南の雨に打たれてぼろぼろになった。父に送った一枚が戦後まで残った。

マレー半島経由でビルマへ

一九四三年は戦局が憂色を加えた年である。二月のガ島撤退に続き、四月、真珠湾攻撃を指揮した聯合艦隊司令長官山本五十六大将が戦死した。五月、北太平洋アリューシャン列島西端のアッツ島の守備隊が玉砕、一一月、中部太平洋のマキン、タラワ両島の守備隊が玉砕。敗勢を物語る出来事が続いている。

一〇月、カバナツアンでの休養と訓練を経て、第二師団はマレー半島に入った。

輸送船が昭南（現シンガポール）の港に入ると古山は旅情を感じた。市内は路面電車が走り、円筒型の「マレー帽」をかぶったマレー系市民の姿が目立った。「横浜で買って来たマレー語の本が、これから役に立ちそう」（『兵隊蟻が歩いた』）と思った。

入隊前、新義州と妹を見舞った京城で読んだ井伏鱒二の「花の町」（東京日日新聞と大阪毎日新聞に連載）のことを記憶によみがえらせた。井伏は従軍記者として見たマレー作戦、シンガポールの様子を作品に書いていた。

シンガポールでは兵站《へいたん》で数日を過ごし、クアラルンプールへ鉄道で移動した。第二師団はビルマ移駐までの短時日、クアラルンプール周辺の警備任務に就いた。

クアラルンプールで古山は一等兵から上等兵への進級に漏れた。階級を上げたいとは思っていなかった。だが進級を図ってくれた班長（軍曹）からはサイダーで慰められた。

一等兵としての給料が二三円五〇銭のところ、二〇円で英国製の万年筆のインクを買い求めた。インクは茶色の陶器の瓶に入っていた。部屋代を払わぬまま本物のコーヒーを飲んでいた放蕩時代と似た行動であった。

一二月八日（大詔奉戴日）には第二師団の剣道大会が開かれた。将校、下士官、兵の部と分けられたトーナメントで競った。ほかに銃剣術、短剣術、双手《もろて》と分かれていた。

古山は両の手に竹刀を持って試合を行う双手の団体戦で優勝、個人戦で準優勝であった。商品に煙草とウイスキーをもらい、それを兵隊仲間に分配した。弱兵の勝利に仲間たちは「信じられんという顔をして、タバコを吸い、ウイスキーを飲んだ」（『兵隊蟻が歩いた』）

＊　＊　＊

ビルマでは一九四三年一月、敵の反撃が顕在化する。まず南西部アキャブで英印軍の反攻があり、二月には中部でもチャールズ・ウィンゲート少将率いる空挺部隊の侵入があった。中国との国境では、怒江《どこう》（サルウィン川）を挟んで中国軍と小規模の戦闘もあった。

守備を担う第五六師団（龍《たつ》）の部隊は、時間をかけて構築してきた陣地によって戦った。日本軍はビルマを手中に収めていても、全域に兵力をくまなく置くことはできなかった。要所に小部隊を置き、後方で主力を温存し、事があればそこから小部隊のいるところへ救援に向かう――そんな態勢であった。

年が変わって一九四四年（昭和一九）一月、インド進攻を目指すインパール作戦が裁可された。ビルマ防衛を担う第一五軍の司令官牟田口廉也《むたぐちれんや》中将と参謀辻政信《つじまさのぶ》大佐により推進された。

第二師団司令部はビルマ防衛の一翼を担うため、この年の元旦にクアラルンプールを発ち、タイに入った。泰緬《たいめん》鉄道でビルマに至り、一月一五日付でビルマ南西沿岸部を防衛する第二八軍の隷下に入った。

三月、天長節（四月二九日）のインパール占領を期してインパール作戦が発起された。牟田口中将は「敵中に糧を得よ」「ジンギスカン作戦」と後方の補給を無視して豪語し、「天長節にはインパールで祝賀会を開く」べくビルマ・インド国境に二〇万人の大軍を差し向けた。

結果から言えば、インパール占領はならず、同年七月二日、大本営の認めを得て、南方軍が作戦中止を決める。退却路には将兵の屍があり、世界有数の多雨地帯の気候がそれらをすみやかに腐らせ、「白骨街道」がやがて現出した。

「天国と地獄」のメロディーを頭に流して

インパール作戦の帰趨《きすう》が決する頃、古山はイラワジデルタのネーパンという小さな村にいた。ビルマに来て以来、祖国との隔たりに思いを深めた。宇品を出てからというもの、帰れないだろうという気持ちがあったが、それが強まった。フィリピンやマレー半島で感じた以上のものだった。

ネーパン村がイラワジデルタのどこなのか、正確にはわからなかった。インパール作戦のことは下士官から聞いた。後年の戦地再訪記『兵隊蟻が歩いた』によれば、「占領するかも知れない」と思いつつ、「ああ、また戦線を広げるのか」とうんざりした。「なるようになりやがれ」とも思った。

季節は乾季であった。田圃は乾いて白く、ひび割れていた。村では夜、ビルマ人が松明《たいまつ》を掲げて歩いた。いずれも印象深く見た。

村の三叉路では小さな市が立った。山羊の乳を入れた甘いコーヒーを飲ませる店があった。美人のヴァインセインという名の娘を淡く思い、言葉を交わした。

村の人々との接触は難しくなかった。ビルマ人にいばった気持ちを持つことなく、師団長にも慰安所の慰安婦にも同じ気持ちで接しようと思って付き合った。

ある日、上官から「匪賊討伐」だと言われた。匪賊とはのゲリラの意である。この場合の匪賊とは、親英的とされるクリスチャンのカレン族で、彼らの集落に出かけて行き、家々に火を放った。逃げ出す者は怪しいのだという。

案の定、逃げ出す者がいた。機関銃が火を噴いた。銃で逃げる者を撃てという命令なのだ。「自分に撃たせて下さい」と志願し、狙いを外して射撃した。消極的な反抗であった。上官に下手さ加減を罵られ、尻を蹴られて射撃を交替させられた。

またスパイを追えと命じられて皆と走り出したときは、小さな声で歌った。「たんたーんたかたかたんたんたんたかたかたかたんたん」——

足取りはスキップのよう。「たんたーん」とは、フランスの作曲家ジャック・オッフェンバックの「天国と地獄」である。今日では運動会の競走でよくかかる曲として知られる。真面目にはやれない状況なのであった。

＊　　　＊　　　＊

蔣介石率いる国民党の雲南遠征軍が怒江の東側にあった。彼らはアメリカ式に訓練されているため、米式重慶軍とも呼ばれた。怒江は中国・ビルマ国境を流れる。雲南遠征軍はビルマを窺う英印軍と呼応して、怒江の西岸にある日本軍陣地に侵攻することがかねて予想されていたが、一九四四年五月、その雲南遠征軍が川を渡って進撃してきた。

敵の目標は怒江西岸の日本軍陣地の主に騰越《とうえつ》であった。これを日本軍が一度は撃退すると、六月、再び怒江を越えて、芒市、龍陵《りゅうりょう》、鎮安街、拉孟《らもう》へ攻撃が仕掛けられた。

七月一六日、第二師団に「直ちに怒江戦線に転進し、第三三軍司令官の指揮に入るべし」との命が下った。

第二師団の隷下部隊はビルマ沿岸部、日本の九州ほどもあるデルタ地帯に散っていたが、警備任務から転じて山岳の方へ進み、龍陵の守備隊を圧迫する雲南遠征軍（中国軍）と戦い、さらに龍陵の北東の拉孟、同北西の騰越、同南東の平戛《へいかつ》で苦闘する友軍を救う——そういう意図であった。

第二師団司令部は八月の終わり頃、ネーパン村を発った。

参加する作戦の名称は「断《だん》作戦」。インドと中国をつなぐ軍事物資の輸送ルートを遮断するもので、「断」とは遮断から取った。

輸送ルートの一つが英国のつくった滇緬公路《てんめんこうろ》である。インドに発しビルマを経て、昆明、重慶に至る。

もう一つは一九四二年（昭和一七）から米国が着工した「レド公路」である。インドの東、アッサム鉄道の終点レドに発する。パトカイ山系を通ってフーコン（カチン語で「死の谷」）を南下、ラングーンからの鉄道の終点ミートキーナ経由、騰越、滇緬公路の龍陵をつないで昆明に入る。

これらの中国を支えるルートを遮断したい日本軍と、物資輸送の動脈としたい連合軍の争いが、北ビルマと雲南の戦いであった。

＊　＊　＊

第二師団司令部は隷下の歩兵第一六聯隊、歩兵第二九聯隊とともに行動を開始した。首都ラングーンに出たのち、旧王朝の都マンダレーへ向かう街道を北上した。街道では機銃掃射をかけてくる敵機――「街道荒らし」と呼ばれる――があった。

途中、ピンマナという町の近くの操車場で、古山はビンタをとられた。夜、敵機が貨車に機銃掃射をかけてきた。貨車の中で荷物を監視していた古山は、最初の掃射で外に出て壕に隠れた。壕で眠り込んだまま、行方不明と勘違いされた。呼ばれて「オウ」と出たところ、ビンタされたのである。

移動はトラックの荷台であった。古山は荷物の上に揺られた。

「自動貨車」と呼ばれるトラックは、輸送を担う輜重《しちょう》隊の者によると、いすゞ製が「いすゞちゃん」、トヨタ製が「オトヨサン」であった。

荷台からビルマの平野を眺めた。古山は少年の頃に見た満洲の平野を重ねた。さらに朝鮮、東京、京都を思い出し、それらを二度と見ることはない、自分に未来はないと諦めた。

ビルマの王朝が都としていたマンダレーで数日を過ごし、ラシオへ進んだ。このあたりはもう高地である。ラシオからは滇緬公路に入った。拉孟、騰越、龍陵を守る龍兵団の部隊が危機にある――そんな話を下士官から聞かされた。

岡崎師団長らは第三三軍司令部のあるメイミョーに七月二六日、到着した。第三三軍は北ビルマと雲南の占領地域を確保して援蔣ルートを遮断することを任としている。メイミョーは英国の植民者が開発した避暑地で、「ビルマの軽井沢」だという。内地の芸者屋も来て営業していた。高級将校たちはそういうところにいながら前線の将兵に命令を下すのであった。

メイミョーの司令部には二週間ほど前、支那派遣軍総司令部から辻政信大佐が着任していた。ノモンハン事件、マレー作戦、ガ島の戦いなど、重要な戦いで必ず名前の出る人物である。

メイミョーを出ると、ナンカンを経て芒市に向かった。移動は夜間に行った。芒市郊外で小休止の間、敵機が低空で侵入して市街へ爆撃を加えて去った。

「このへんからは、もう第一線のようなものなんだ」

下士官がそう言った。弾が飛んできてもおかしくない。あんこ玉と塩干魚が一切れ、梅干しの配給があった。

以降、徒歩行軍になった。落伍する道中の始まりであった。背中には背嚢《はいのう》を、水筒、雑嚢、被甲（ガスマスク）を肩に掛ける。弾丸一二〇発は腰に巻く。約一〇キロの三八式歩兵銃と重機関銃の約三〇キロの弾薬箱も背負う。歩き出すと同時に遅れた。

途中、「殺人峠」と名づけられた、山腹の道を通った。正式な地名は放馬橋という。ネーパン村から同じトラックに乗ってきた輜重兵が迫撃砲に撃たれて死んだ。

そこには時間をおいて砲弾が撃ち込まれていた。一定の間隔で兵たちは岩陰から飛び出し、駆け抜ける。

輜重兵は、古山より先に飛び出して被弾した。次に出発の号令がかかって古山は走り出た。血だまりをつくって倒れた輜重兵を目の前に見て駆け抜けた。血の広がりに「即死だ」と思った。もし助けようとすれば、まず弾薬箱を置いて彼を引きずる必要がある。それが無事に終われば、今度は自分の弾薬箱を取りに戻らねばならない――とてもできない話であった。

古山は「もし分隊長の出発の命令が、もう何秒か早かったら、撃たれたのは私だったのだと思った」（「兵隊蟻の雲南再訪」）

初めて目前にする人の死に、興奮が止まらなかった。飯盒《はんごう》の飯を口にしたものの、喉を通らなかった。動転を自覚した。アスファルトに広がった血の色は鮮やかに記憶に焼き付けられた。

泥水の中に眠る

古山は行軍で常に遅れた。歩く苦しみは自分で自分を茶化すことで紛らわそうとした。「スケーターズワルツ」で歩き出し、ふらつき始めると、「ラ・クンパルシータ」を小声で口ずさんだ。逃れられず戦場に送られた。拒めぬ命令がある。体力に乏しく、無能な自分がいる。誇りを失わないためには、自分と自分が置かれた環境を茶化すしかない。そのために「ものを思う自由」を行使するしかなかった。

行軍から落伍しかかると古兵が数名と迎えに来てくれた。弾薬箱、背嚢、三八式歩兵銃は彼らが持った。引き立てられるように歩んだ。

落伍してしまうと手榴弾が頼りになる。二つ持っている手榴弾のうち一つは敵と相対したときに投げるため。一つは自決用である。

＊　＊　＊

第二師団は龍陵の敵を追い払う役目である。しかし八月二三日、「現況をもって推移すれば、今後二日程度を持久しうるにすぎない」と龍陵守備隊長が報告しており、急がねばならなかった。八月三〇日、第三三軍命令が下達された。「軍は、すみやかに龍陵周辺の敵を撃破して怒江の線に進出し、まず拉孟守備隊を次いで騰越・平戛守備隊を救援せんとす」

第二師団（勇）は第五六師団（龍）とともに「龍陵会戦」に臨んだ。攻撃開始は九月三日払暁。龍陵守備隊は城壁に囲まれた龍陵市街に立て籠もっていた。外周の陣地だった旧分哨山、小松山は奪われている。ここから雲南遠征軍は滇緬公路に砲撃を加えていた。

九月三日午前七時、日本軍が攻撃を開始した。一山、二山、三山などと呼ぶ龍陵付近の高地を奪取にかかった。

日本軍は山を奪い、奪い返された。

龍陵会戦とは、龍陵周辺の陣地をめぐる争いであった。

『雲南正面の作戦』（陸戦史研究普及会編・原書房）によれば、中国軍は今まで日本軍の得意とした肉弾突撃を反復した。戦意は旺盛であった。

一方の日本軍はどうか。隷下部隊の「二山を占領せり」の報告にも、第三三軍司令部が「それは二山ではない」と否定するような混乱の状況だった。

雲南に長い第五六師団と異なり、第二師団は南ビルマから移動してきた。地形には明るくない。「地図が不正確なために地点の評定が師団と軍とでくい違っていたため起こった錯誤」（同）であった。

第三三軍司令部は龍陵と直線距離にして二〇キロほど離れた芒市にある。芒市から戦場は見えない。軍と師団の関係は、軍が上で師団が下であるが、師団の幕僚の中には「芒市にいて戦場がわかりますか」と電話連絡で第三三軍司令部に反論する者もあったという。

九月七日、日本軍の戦闘機数十機が中国軍に攻撃を加えて去った。米軍機が襲来して、報復した。戦況は芳しくなかった。

第五六師団は第二師団に比べ、当初は順調に戦いを進めたが、やがて戦線は膠着するに至っていた。両師団の攻撃も限界に近づいていた。龍陵北東の拉孟では九月七日、北西の騰越では同一四日、それぞれ守備隊が全滅した。

第三三軍の本多政材《まさき》司令官は九月一四日、攻撃中止命令を下した。龍陵会戦の目的達成を断念し、平戞守備隊の救出に力を振り向けることにした。

ついた渾名は「敗残兵」

戦闘部隊が苦労を重ねていた頃、第二師団司令部管理部衛兵隊の古山はたび重なる移動に明け暮れていた。師団司令部は最前線に出ることはないが、銃弾や砲弾が飛んでこないわけではない。龍陵に向かう滇緬公路の道端は将兵の垂れた野糞だらけだった。古山も先客のそれを踏まぬようによけて脱糞した。

ひとたび行軍を終えると、到着した場所で壕を掘った。タコツボと呼ばれる縦穴である。遅れて到着する古山は人並のものは掘れなかった。仲間が掘り終える中、遅れて掘り続けた。縦穴を掘る体力と気力を失い、短冊形に浅い穴を掘って済ませた。それは寝棺《ねかん》――死者を寝かせて入れる長い棺――じみていた。雨が降ると泥水が流れ込んで、泥まみれになった。冷たい水に震えて眠った。汚れた格好についた渾名は「敗残兵」だった。

行軍に疲労した末に被甲（ガスマスク）を谷底に捨てた。身を軽くして楽になりたかった。下士官に咎められ、殴られた。本来なら軍法会議ものだと脅された。殴られただけで済んだのは幸運であった。重い編上靴《へんじょうか》（ブーツ）も捨てた。足には地下足袋だけだった。雨でぬかるんだ土の上ではよく滑った。

米はあっても、副食は乏しい。口にするのは、乾燥野菜、「ジャングル野菜」と呼んだ食える草の醤油煮、塩干魚、カラスウリの塩汁。山芋を掘り出せる農家出身の兵が羨ましかった。

飯を炊くには火をおこす必要がある。マッチは湿らぬよう衛生サック（コンドーム）に入れていた。小雨が降る中、燃えやすい木を探す。それが農家出身の兵隊にはできて、町育ちの古山にはできなかった。燃やす技術もなかった。何とか炊きあげても、できるのは「メッコ飯」と呼ばれる芯のある硬い飯でしかない。

あるときは岩塩を舐めて飯を口に運んだ。またあるときは「鷹の爪」と言っていた野生の唐辛子をかじり、口の中が熱いうちに飯を食うような毎日であった。

壕の中で古山は手紙や詩を亡き母や妹に書いた。言葉は手製の手帳に小さな文字で書きつけた。後年のエッセイ「戦場からの手紙」では、「千鶴子よ　今日もまた雲の中で　殷々と砲声が唸った」で始まる、雲南戦線にあった頃の詩を紹介している。

夜来の雨の冷たさ
凍えさうだ
自分で自分の手を握つてみるとまるで氷のやうだ
雲の中から、突撃の喚声が聞えた
狼部隊といつてね、僕たちが育つた朝鮮編成の部隊がね、ハチマキ山といふところに払暁攻撃をかけたんだよ

（略）

あの白い雲の中で、幾人も、鮮血に染まつて仆れてゐるんだ
やりきれねえなあ
やがて自動小銃の音が止まり、バンザイといふ声が流れて来た

僕はボロボロ泣いたよ
（略）
直撃弾が僕に当ってくれるといいな
そしたら僕は、一瞬のうちにお母さんや千鶴子のところに行けるもんね
（「戦場からの手紙」）

＊　＊　＊

龍陵に来るまで古山は師団長や軍司令部の所在を知らなかった。龍陵で初めて師団長の顔を見た。関係のない人間、物の名前を覚える必要を感じなかった。

戦いの最中、古山の目は醒めていた。双眼鏡で敵情を見ていた師団長が「撃て、今だ、撃て」と山砲（山越えの攻撃に使う大砲）に砲撃を命じたときにはこう思った。

「撃ったら何十倍ものお返しがあるだろうに、師団長はそういうことを考えないのだろうか」

（『龍陵会戦』）

物量で攻めてくる敵のやり方から考えて当然の推測に違いなかった。一発に五〇倍、いや一〇〇倍が飛んでくる感覚であった。興奮気味の「撃て」には「なんだ、はしゃぎやがって」とも思った。

古山は、敵が自分たちを撃つのは当然と思っていた。

むしろ敵よりも自分たちを戦場で引きずり回す、国の指導者や高級軍人を恨んでいた。

敵を敵と思わぬ考え方は本来不自然である。だがそれは人類愛などではなく、「自分の国の、狂信的な思考構造に対するひそかな反発」（「オオカミ」）なのであった。

将来に絶望し、死にたいと思っていた。自らに「死ね」と言い聞かせていた。その死の意味を考えることなどしなかった。

もし戦争が日本の勝利に終わっても、自分に希望などないとわかっていた。軍人と軍人に阿諛《あゆ》する者たちが蟠踞《ばんきょ》する国で、そこからドロップアウトした者に明るい未来などあるはずがない。それでも自殺はできない。「弾よ当たれ」と念じた。「殺人峠」で死んだ輜重兵のように、苦しまないで済む即死がいい、と思った。だが念じても死が恐ろしいことに変わりはない。迫撃砲弾が近くに飛んでくれれば歯を鳴らした。負傷して後方へ送られればいいと考えもした。砲声の中、壕から片脚を出してみた。

暗闇の中で、すでに掘られていたタコツボに落ちると無力感が募った。高等学校に入るまで得意の中にいた。戦場に来ると「ないないづくしの人間」になった。

迫撃砲弾の破片を胸に受け、同じ時期に入隊した兵が一人、死んだ。滇緬公路を外れた山中での出来事である。衛兵隊で最初の戦死者であった。古山は仰向けになった彼が血を大量に吐くのを見た。

ある早朝、迫撃砲の音で壕から飛び出すと、見知らぬ兵隊が倒れていた。揺すっても動かなかった。血を流してはいなかった。

死にたい自分が死ねない。懸命に務めを果たそうとする者が死ぬ。下級兵士の死は運不運以外の何ものでもなく、死は突然に人を物にすることを感じた。

弱兵であることを理由に他の隊の兵隊と取り替えられたこともある。上官は煙草二箱を古山に「付け」た。入れ替わりに古山がいた壕へ入ったその兵隊は砲撃を受けて死んだ。運のなせるところに違いなかった。

外被（レインコート）を友軍の誰かに盗まれていた古山は、死者を埋めるとき、死者の外被を欲しいという衝動に駆られた。外被を盗まれて以来、泥まみれであった。

あるとき俘虜を見張った。翌日には処刑すると聞かされた。逃亡を防ぐため全裸で縛られていた。母や妹――古山はすでにその両方を亡くしている――がいるだろう、寒いだろうと哀れんで抱きしめてやると、俘虜は「アイヤー、アイヤー」と叫びだした。古参の兵隊が出てきて俘虜を蹴ると、黙った。心やりはかえって悪い結果に終わった。

＊　＊　＊

疲弊した古山はマラリアに罹患した。高熱を発するようになり、野戦病院に送られた。水筒を口に当てて水を飲んでいるはずが、それをこぼしていた。一九四四年一〇月下旬であった。

小銃と弾薬は入院時に置いていけと言われ、持ったのは軍用毛布一枚、天幕一枚、背嚢、雑嚢、水筒、手榴弾二個、ゴボウ剣、空き缶一個である。背嚢と雑嚢には、雨に打たれてかびた米を詰めた軍用靴下ともう一足の軍用靴下、襦袢（シャツ）、袴下（ズボン下）の着替え一揃い、フォーク、万年筆、インク、衛生サックをかぶせたマッチ数箱、歯ブラシ、手ぬぐい、ちり紙が少し。

わずかに軍票もあった。

原隊探しの一人旅

第二師団は龍陵から退くことになった。南ビルマに向かい、タイに入って仏印を目指すのである。

東南アジア地域を指揮する南方軍総司令部（南方軍）は、仏印の海岸地帯に米軍が襲来すると予想していた。

決戦地の仏印で精強部隊の一つ、第二師団を使う——

仏印転進の噂が下級兵士たちの耳にも入る。仏印では親子丼が食えるという。悪くない。実際に南部仏印の最大都市サイゴンは、南方作戦を支える扇の要として静謐《せいひつ》が保たれており、住民の対日感情もさほど悪くなかった。食糧にも問題はなかった。

＊　＊　＊

病身の古山はトラックに積まれて野戦病院に移された。トラックに乗った彼を一人の兵隊仲間が見上げた。彼は下痢に悩んでおり、「下痢が止まらねえのしゃ」と言った。どうしようもない感じが印象に残った。彼はのちに死んだと聞かされた。

野戦病院は背の低い木がなす疎林《そりん》の中にあった。「せぶり」と呼ばれる建物が病院である。せぶりはニッパヤシで葺いた屋根を、片方は地面に置き、片方は高く棒で支えたものである。要するにただの小屋である。割竹《さきたけ》が中に敷かれており、そこに寝転がった。何人もの瀕死の兵隊を見た。

　数日後、古山は野戦病院から後送され、ビルマ中部ラシオの兵站病院に入院した。一カ月ほどそこにいた。うわごとを言い続けていた兵隊が隣で死んだ。病院には「重症病棟」があった。回復の絶望的な者たちが収容されている。近くに死者を埋める長方形の穴が掘られてあった。そこに入院患者のうち、ある程度健康な者が死体を捨てに行く。

　自分の部隊は退いた。日本軍がビルマで攻勢に転じるとは考えられなかった。後方に行った部隊の者にとって、病院はすなわち「拘置所」にほかならない。古山はそう考えた。早く退院したかった。快癒したような状態であった。退院を願い出ると、衛生下士官によって「ここはホテルと違うんだーッ」と言下に斥けられた。入りたいときに入って、出たいときに出られるわけではないという。

　早く退院したいから死体運搬の使役《しえき》にも積極的に出た。健康を取り戻していることを示すためであった。毛布を掛けられた死体を担架に乗せ、穴まで運ぶ。お骨係の兵隊は死者の小指を切り取った。骨を遺族に届けるためである。運んだ兵たちが、穴のそばで毛布を取り、一、二、三と声をかけて担架を傾け穴へ落とす。一九四四年の大晦日もこの死体運搬の使役に就いた。

　病院では勇壮な兵士に会った。第五六師団（龍）の下士官が古山にこう言った。

「病院は飽きた。ああ、前線に戻って、機関銃をぶっ放したいな」

　退院すると所属部隊の後を追わなければならない。軍隊では、所属部隊を追うことを原隊追及と言っていた。晩年に「原隊探しの一人旅」と自身が呼ぶ道行きがこうして始まった。部隊が後退した方向を聞き、友軍の食糧倉庫があれば糧食を分けてもらい、夜はたき火をして眠った。下痢が止まらない。歩けるのは一日に数百メートルだ。

栄養不足で顔とふくらはぎがむくみ、胸と背の肉が落ちて肋骨と背骨が飛び出ていた。眠っている間に背嚢に付けていた天幕を盗まれたりもしたが、概して気楽であった。心細くはあったものの、組織のタガから外れた気楽さがあった。命令に縛られない自由の感じを、入隊して初めて得た。

南下して王都マンダレーの連絡所で第二師団司令部管理部衛兵隊の場所がわかった。ピンマナという町にいることを知った。ピンマナで管理部衛兵隊がいる建物に行き、「古山一等兵、ただいま原隊復帰しました」と申告した。

原隊追及の際に毛布や天幕を盗まれたことを報告すると咎められ、始末書を書かされた。

カンボジア・プノンペンへ

一九四四年も後半になると、いよいよ敗勢は明瞭になってきた。米軍は太平洋を攻め上がってきた。一二月七日には米軍がレイテ島に上陸、一九日には地上決戦を大本営が放棄した。ルソン島に上陸した米軍が翌春仏印沿岸部に上陸する公算も高い。ビルマではイラワジ川に英印軍が殺到していた。南ビルマからタイ、マレー半島に進攻するに違いない。公刊戦史「戦史叢書」の『シッタン・明号作戦』が言うように、インドシナの軍事支配の確立が欠かせなくなった背景がこれである。

日本は一九四〇年（昭和一五）九月の北部仏印と翌年七月の南部仏印進駐により、仏印全土に軍を進駐させていた。ただ統治機構はフランス植民地政府のままにし、軍政は布《し》かなかった。警察権は植民地政府が持ち、収税の機能も同様であった。だから毎年一回、翌年の通貨ピアストルと米の補給についてフランス側と協議していた。

だが戦局が日本に不利になると、フランスは通貨と米の提供を渋り始めた。フランスにとって、日本は本来、宗主国の威厳を傷つけた敵である。フランスの非協力的な態度を日本軍は「敵性の露骨化」と呼んだ。

米軍が仏印の沿岸に上陸したらどうするか。日本軍は内陸に後退し、現在のベトナム、ラオス一帯の山岳に退いて戦うつもりであった。準備にはまずフランス勢力の駆逐が不可欠であった。そのために第二師団はビルマを離れて仏印に向い、インドシナ防衛を担う第三八軍の指揮下に入った。

一九四五年（昭和二〇）二月中旬以降、第二師団司令部、歩兵第二九聯隊、捜索第二聯隊などがプノンペンに到着した。カンボジアの警備と来《きた》る「仏印武力処理」の準備が任務であった。

師団長は岡崎清三郎中将から馬奈木《まなき》敬信《たかのぶ》中将に替わった。馬奈木は二・二六事件の頃は皇道派と目された人物である。

二月二八日、大本営は南方軍総司令官寺内寿一《てらうちひさいち》大将に対し、仏印武力処理を三月五日以降に行うよう命じた。現地の第三八軍司令官土橋勇逸《つちはしゆういつ》中将は、三月九日を決行日とした。作戦名を「明号作戦」という。日本軍は由緒のある日に事を起こすと外国で評判になっていた。三月八日は大詔奉戴日、一〇日は陸軍記念日（日露戦争での奉天城攻略の日を祝ったもの）であった。その間をとったのであった。

フランス植民地軍約九万人に対して日本軍は、中国から転戦してきた第三七師団（冬）、ビルマにいた第二師団など、欠損の多い部隊構成で約四万人。半分ほどの兵力で敵の武装解除を行うのであった。

日本軍は作戦に先立って「仏印統治計画案」というものを作成している。そこには「アンナン、カンボジア、ルアンプラバンの三国は自発的に独立するように指導する」と定めていた。アンナン（安南）とは現在のベトナム、ルアンプラバンとはラオスのことを指す。各国の指導者にはフランスとの関係を破棄の上で独立を促し、日本軍への協力を誓わせる。そんな構想が軍上層部にはあった。

＊　＊　＊

龍陵の山の中で親子丼を食いたいと夢想していた古山は、タイ経由でカンボジアに到着するとプノンペンの兵営に入った。もとは学校であるらしかった。早速訓練が行われた。建物の三階からロープを垂らし、それを伝って下に降りる。古山は、ロープを握ったまますり落ちた。手の皮が剝けて血が出た。

三月九日の夜、第二師団司令部管理部衛兵隊は、カンボジア王ノロドム・シアヌークの身柄確保に出動した。師団では逃亡防止策としてプノンペン近傍の道路に障害物を設置するなどしていた。一九二二年生まれのシアヌークは一九四一年に国王になったばかりの若者であった。

当日夜、将兵がシアヌークの王宮に入ると、姿はなかった。古山の想像では、カンボジアの親衛隊が機関銃を並べて待ち構えていることになっていたが、そうではなかった。結果的に古山はトラックに載せられてあちこちを移動させられた。上官からはシアヌークの妾宅《しょうたく》を探すのだと言われていた。妾は一二人いるという。それで複数の家を廻らされたものの、発見できなかった。

一〇日になっても身柄は確保できなかったため、馬奈木師団長がプノンペン憲兵隊に協力を求めた。翌日、王宮内の寺院に潜んでいたシアヌークが見つけ出された。彼は僧侶に扮していた。

一三日、シアヌークはフランスからのカンボジアの独立を宣言した。

古山らは接収した親衛隊の宿舎に入った。ある下士官がシアヌークの親衛隊の被服倉庫から布を持ち出して、古山らに裁断させ、町に売りに行かせた。売った金の一部は駄賃として一〇ピアストル（一ピアストル＝一円）兵隊たちに配られた。

ラオスの俘虜収容所で通訳にあたる

第二師団司令部は五月、サイゴンに移動した。サイゴンでは「明号作戦」の結果、ジャン・ドクー仏印総督以下、要人をそのまま軟禁状態に置いていた。

将兵は俘虜収容所に入れることになった。俘虜の管理のため、第二師団司令部や隷下部隊から将兵が集められた。雲南・ビルマ戦線で傷ついている者が多かった。

古山は負傷していなかったものの、「お前のように役に立たない兵隊は、俘虜収容所さ行け」と言われて、俘虜収容所勤務と決まった。この「インドシナ臨時俘虜収容所」を管理する部隊は「臨部隊」と呼ばれた。創設は五月二五日であった。臨部隊の本所はサイゴンの植物園にあり、古山が向かったのはラオス領内、メコン川に面したパクセの分所からさらにパクソンに分遣された。一帯はボロベン高原と呼ばれる。

公刊戦史『シッタン・明号作戦』には、三月九日の「明号作戦」以後の第二師団の戦力配置や人員補充、部隊の再編などが記述されている。だが俘虜収容所のことまでは触れられていない。その触れられていない場所で、古山は俘虜の管理にあたった。日本軍はその頃、インドシナ半島の防備を固めるため陣地構築を進めていた。負傷者や病人を除いた俘虜を労働力として使った。

古山はフランス語の通訳であった。正確には俘虜係の主任の下での助手兼通訳である。万年一等兵であり続けたが、フランス語ができることで優秀だということになり、株が上がった。

彼は病人の同胞を診ようとしないフランス人軍医大尉にフランス語で言った。

「お前が病人を診ないで誰が診る」――

古山自身は病人のために日本軍の衛生兵に煙草をやって薬を調達していたくらいであった。

軍医がフランス語でまくし立てると、反論できぬまま伸び上がって一回、平手で頬を打った。

「お前のような奴と話しても無駄だ」

このビンタが敗戦後、戦犯容疑をかけられる理由となる。

八月一五日、敗戦。

当日はパクセにいた。分所長の当番兵は、「ニッポン、グリコだよ」と古山に言った。降参したというのであった。短波放送が分所長のところには入っていた。フランス人俘虜たちは「ラ・マルセイエーズ」を歌い始めていた。

俘虜収容所のフランス人たちを連れてメコン川を船で下った。船では煙草を賭けてオイチョカブに興じて、すっかり負けた。

彼らはプノンペンへ向かった。船中、広島に「強力な爆弾」が落ちたことをフランス人俘虜から聞かされた。カンボジア経由、俘虜収容所の本所のあるサイゴンに戻った。

＊　＊　＊

東南アジアでの作戦を指揮してきた南方軍は九月一二日、シンガポールで降伏文書調印式に臨んだ。無傷に近い南方軍では、抗戦継続を唱える者も一部にあったが、結局は「承詔必謹《しょうしょうひっきん》」、天皇の意を受けて降伏を受け入れた。

日本の敗戦を機に、ベトナムは混乱に陥った。権力の空白が生じた。植民地政府はなく、日本軍は敗軍である。これに乗じてホー・チ・ミンの率いるベトミン（ベトナム独立同盟）が急速に台頭し、九月二日にはハノイで独立宣言を出した。

そのうちに北緯一六度以北の北部には中国国民党軍、以南の南部には英印軍が進駐した。両軍は日本軍を武装解除する役を担うことになっていた。

同時にフランスがインドシナの再統治に向けて動き出した。当然ベトミンは抵抗を開始した。

すると英印軍は日本軍をベトミンを押さえ込むために使おうとした。

他人の戦争に向かわされる日本軍将兵の士気は低かった。英印軍第二〇師団長ダグラス・グレーシー少将は、南方軍総司令官寺内寿一大将、参謀長沼田《ぬまた》多稼蔵《たかぞう》大佐、第二師団長馬奈木敬信中将に対して憤った。

「予の命令は日本天皇の命令である。予の命令に服従せぬ者は今後、戦犯として処置する。対ベトミン作戦で日本軍将兵の戦闘には真剣味が欠けている」

それはそうだろう。ベトミン側には、日本軍を脱走した将兵がいるのだから。

ベトミンは旧敵に隷属した日本軍将兵を自らの陣営に勧誘し、あるいは武器を奪取することに力を入れた。日本軍の力は、近代的軍隊を持ったことのない彼らに魅力であった。宗主国フランスの勢力を一時的にせよ追い払った日本軍を友好的に見る雰囲気もあった。

また日本軍将兵の中には、敗亡の祖国に戻ることを忌避したり、土地の女性と親密になったりしたためにベトミンへ身を投じる者もあった。

日本軍の武装解除は遅れ、連合軍への兵器資材の受け渡しの完了は一九四六年（昭和二一）一月下旬であった。

* * *

古山は敗戦から間もない九月一日、上等兵に進級した。兵隊は同日付で一律に階級を上げられており、いわゆるポツダム上等兵であった（その後、兵長、伍長となり、最終位階は軍曹）。

そしてサイゴン北郊で、本書の冒頭で紹介したように、後年、評論家江藤淳に勧められて小説を書く際の素材となる「事件」に遭遇する。

南部印度支那軍参謀部がまとめた「南部印度支那治安状況推移概要」には、ベトミンの動向を記した部分がある。そこには敗戦の年の九月二九日、「英印軍車輛部隊『ライテウ』にて遭難」とある。ライテウとは、周囲にゴム林の広がるサイゴン北郊の町、ライチョウのことである（デビュー作「墓地で」においてはラチョンと表記）。英印軍とともに古山らは、車列を組んでこのライチョウという町を通過した。ベトミン地区の兵器倉庫から兵器をサイゴンへ運ぶ道中であった。最晩年の対談「戦争は悲惨なだけじゃない」（『文學界』一九九九年六月号）によれば、古山は事前に嫌な予感を持っていた。日本軍が兵器を取りに行くと、ベトミン側から「俺たちにくれ」と言われるのだが――

あれだって途中で襲われて取られた形にすればいいと思うんだけれど、日本人は真面目だから命令されると取りにいく。白人と一緒に行くと襲撃されるのはわかりきっているでしょ。嫌だなあと思っていたら、案の定襲撃された。

車列が走行途中、一三台の車列の先頭に対してベトミンが銃撃を加えてきた。古山の乗ったトラックは先頭にあってその場を逃れ出た。

古山はその後「取り残された白人を助けてこい」と命じられた。ある下士官の命であった。敵中に戻れとばかりの命令に「死ね」と言われた気がした。

単身古山は、森の中に潜んでいた英印軍の兵隊一〇数名を見つけて保護した。丸腰であったため、古山自身の回顧によれば、ベトナム人に対しては「ベトナム、日本、お友達ね！」などと言いながらであった。

戦犯容疑者として拘引

武装解除後は帰りの船を待った。バリア（現バリア・ブンタウ省）で野菜をこしらえるなど自給自足で過ごした。バリアに集結した南部仏印の日本軍将兵の総数は約四万名。

南部仏印からの内地帰還は敗戦の翌年、一九四六年に入ると本格化した。アメリカ差し回しのリバティー船の到来に誰もが喜色を見せた。

ところが三月、古山は戦犯容疑者となってしまった。古山はそれに先立ちサイゴンでフランス人の担当者から簡単な取り調べを受けた。「明日、刑務所に入ってもらう。今日は兵站《へいたん》へ帰ってよい」と言われた。入獄の前の身である。彼らが重刑に処するつもりなら、容疑者の身柄は手元に置くはずだ、帰ってよいなら罪は軽いのではないか——と思えた。

翌日、古山はサイゴンの中心部から北西に行った場所にあるチーホア刑務所に入れられた。周囲は建物もなく、平原に佇む感じであった。同刑務所には、同年一月の時点で約六五〇名の日本人戦犯容疑者が収容されていた。

刑務所は赤レンガの新しい建物で、四階建てであった。サイゴン中央市場（現ベンタン市場）

近くのサイゴン駅を発車した汽車が望見された。周囲にも赤レンガで高い壁をめぐらし、ところどころに望楼があった。ここを日本軍の敗戦から間もない時期は英印軍が管理し、その後、フランスの手に移っていた。

古山は雑居房の前に立った。入獄者の名前を記したプレートがあった。名前の上には「TN」「N」などとあった。

雑居房に入ると日本軍の元憲兵に教えられた。TNはフランス語で「トレ・ノワール」、Nは「ノワール」の略である（英印軍管理下では「ベリイブラック」「ブラック」だった）。TNは罪が重くなるらしい。

入獄者は憲兵が多かった。歩兵から転じて補助憲兵をさせられていた者もその中にいた。「俘虜処刑のために部下の兵隊を他部隊に貸したから」「声が大きくて苦痛を与えたから」など、容疑は人それぞれである。戦争裁判そのものが前例のないものである以上、刑の軽重もまったく読めない。見通しがないのだから憂鬱にならない方がおかしかった。

＊　＊　＊

戦勝国が「平和に対する罪」を問うたA級戦犯容疑者——東条英機以下、唯一の民間人大川周明を含む二八名——は靖国神社との関係もあり、よく知られているだろう。ごく簡単に言えば、彼らが戦争を起こした、それが犯罪だというのである。

ではBC級戦犯はどうか。A級戦犯に比べて知られていない。

戦勝国が裁いた点では同じでも、具体的にB級は「戦争法規違反」、C級は「人道に反する戦争犯罪」が問われた点で違いがある。

BC級戦犯の裁判を幅広く掘り下げた『孤島の土となるとも』（岩川隆・講談社）によれば、BC級戦犯を裁く法的な支柱は一九二九年（昭和四）に調印された俘虜取り扱いに関する「ジュネーブ条約」であった。同条約に日本は調印したものの批准していなかった。条約の存在を知る下級将兵は少なかったはずだ。

仏印における戦犯容疑者の逮捕は、敗戦の年の九月下旬、進駐してきた英軍が着手した。一〇月、戦犯容疑者の指名が開始されたが、「容疑内容は、連合軍一般に関するものであった」（『BC級戦犯関係資料　第一巻』田中宏巳編・緑蔭書房）。まだフランスの介入はなかった。

しかし年が明けて三月、宗主国フランスが独自の見解で戦犯容疑者の出頭を要求し始めた。戦争犯罪局（戦犯局）という機関も設けた。これと従来あった秘密警察（探偵局）が取り調べを行った。古山の拘引はこの時期にあたる。

同年一〇月、サイゴン軍事法廷が開かれた。一九五〇年（昭和二五）三月末まで続く戦争裁判であった。

『孤島の土となるとも』によれば、サイゴン軍事法廷は「一九四四年八月二十八日＝戦争犯罪取締まりに関するオルドナンス」を裁判の根拠としていた。これは戦中フランス人に害をなした者は、フランス軍事裁判所で裁かれるとしていた。また植民地アルジェリアの治安条例も適用した。そのため仏印軍将兵を俘虜として扱ったことも「不法監禁」となった。

つまり連合国による裁きと同じくフランスの戦犯裁判も復讐の色が濃厚であった。さらに言うと、虐待的な取り扱いも顕著であった。

『戦犯裁判の実相』（巣鴨法務委員会編・槇書房）ではサイゴン軍事法廷主任検事の言葉が紹介されている。「余は日本人をしてボルネオの原住民以下に取扱ふだろう」――

日本人容疑者の中には拷問の苛烈さに「仏蘭西《フランス》人の暴状に死を以て抗議す」と遺書を残し、独房で縊《い》死《し》を遂げた将校もいた。

『BC級戦犯関係資料集 第一巻』では、サイゴンの法廷は死刑二六名、終身刑一名、有期刑一二四名、無罪三〇名とされている。その大部分が明号作戦時の俘虜虐殺事件、俘虜・抑留者虐待に関する嫌疑であり、敗戦の年の三月から敗戦までのごく短い期間に発生した事件が対象であった。

奇妙に明るいムショ暮らし

C級戦犯容疑者の古山は、誕生日の翌日の八月七日、郊外のチーホア刑務所から市内中心部の刑務所に移された。「メゾン・サントラル・ド・サイゴン」と書かれており、これを日本人たちは「サイゴン中央刑務所」と訳し、「チュウケイ」と略称した。移送は起訴が決まったからだという。

移送前に刑務所と相対する位置にある裁判所に寄った。フランスの戦犯局が設置されている。戦犯局の者が日本人を前に「これから二分間、復讐をする」と言って一人一人の顔を殴り、胸を蹴った。

サイゴン中央刑務所では死刑が確実な者とともに過ごした。彼らはやがて軍人としては名誉ある銃殺刑に処されるのであった。刑場はサイゴン郊外にあり、処刑の直前「海行かば」を歌った、「天皇陛下バンザイ」と言ったなど、処刑に立ち会った軍医から情報がもたらされた。

有罪になるとしても、では刑期は何年なのか。「何年でチュウケイ大学を卒業できるのかなあ」と容疑者たちはぼやく。「戦犯に五年以下の刑はないんだ」というデマも流れた。


理不尽だと私は思った。だが、理不尽なのが人生のあたりまえ。あるときは正直の頭《こうべ》に神が宿り、あるときは正直者が馬鹿をみるのである。そういうことをブーブー言ってみてもどうにもならぬ人生があることを、それは軍隊でも教えられたが、チュウケイ大学でたっぷり教えられた。

（「チュウケイ大学で」）


古山の筆から察するに、獄中は陰惨さに満ちるのでなく、奇妙な明るさがあった。仲間で自作自演の「新曲発表会」をやった。その後、素人劇団がいくつかつくられ、その一つで古山は一週間に一本は脚本を書いた。入営前に親しんだ外国映画からの翻案が多かった。書くにも紙と鉛筆が不足していたから、ときに目覚めると真っ白な紙と長い鉛筆が枕元に積まれているという夢を見た。

碁、将棋、麻雀、オイチョカブ、コントラクトブリッジに興じた。碁石、将棋の駒、マージャン牌は配給のパンを練り固め、乾燥させてつくった。

獄中では擬似的な同性愛が生じた。芝居で出てくる女（もちろん男である）のスカートをめくる者がいた。将校が女性化してしなをつくった。古山は男として慕われ、また女の代わりにと懸想された。慕ってくる獄友は、食糧を古山に提供し、女にしようとする獄友は、ラブレターをよこした。芝居で女を演じた獄友が古山の毛布に入るようになると、その男に惚れている兵隊がハンストを起こした。

食事はチーホア刑務所に比べると豪勢で、「朝はパン、黒砂糖とお茶、昼と夜は、肉や野菜や魚のシチューが主で他に鶏卵二個とバナナが二本付く。日曜日にはスープとサラダが加わった」（「飯盒のある食卓」）

『孤島の土となるとも』などによると、戦犯裁判の体裁は以下のようであった。裁判官は裁判長以下五名おり、裁判長は大佐あるいは中佐。その下に少佐、大尉、中尉、少尉（准尉）と四名の兵科将校が付いた。

日本人弁護人は当初、フランスの官選弁護人の補佐役に過ぎなかったという。のちに杉松富士雄弁護人が日本政府から正式に派遣された。

古山は裁判前後のことをエッセイ「元伍長より軍曹どのへ」に後年詳しく書いた。

戦争裁判というのは、ふつう集団裁判であり、大勢の人間が一挙に裁判をうけるのである。順序からいうと、まず検事の論告があり、それから被告が階級順に自己弁護をし、弁護士が弁護をし、証人が出廷して証言をし、しばらく休憩ののちに判決がくだる、というのが、大まかにいって戦争裁判の順序であった。

一九四七年（昭和二二）四月、ラオスのパクセ俘虜収容所関係者が裁判を迎えた。前日、俘虜収容所のパクセ分所長、パクソン分遣所長、俘虜を使役した将校が古山に話を持ちかけた。裁判での口裏合わせをしようというのであった。古山はこれを拒否した。

ほんとうのことをいって、そのためにどのような刑をうけるとも私はそれに甘んじるつもりである。嘘をいって、その嘘がバレてよりひどい罰をうけるよりは、ほんとうのことをいって、たとえ死刑になってもそのほうが私にとってはいい生きかただと思うので、あなたたちの申し入れはいっさいうけいれない――

（「元伍長より軍曹どのへ」）

持ちかけてきた者たちは青くなった。

一方、古山自身では期すところがあった。戦犯裁判の成り行きを見るに大体がこうだ。犯罪視される行為に対し、将校は「命令した覚えはない」と言い、部下たちは「命令に従ったまで」と主張する。裁く側は不審の目を向けるから共倒れ、すなわち有罪になる――

厚生省（現厚生労働省）の引揚援護局が一九五六年（昭和三一）にまとめた「本籍別戦争裁判受刑者名簿（一）」（靖国神社偕行文庫所蔵）という資料がある。その裁判状況を伝える欄に、古山に関して「労役禁止の俘虜使用」という罪状が記載されている。

だが罪を犯した意識は古山になかった。むしろ戦争裁判＝報復裁判であること、戦争犯罪者は戦勝国が敵を一方的に処断するためにつくられたものであると見抜いていたようである。

古山の作戦は「将校連中を徹底的にかばってやろう」というものであった。

前述の「元伍長より軍曹どのへ」によれば、古山は法廷でフランス人軍医の怠慢に三つの対処法があったと主張した。一つ、見て見ぬ振りをする。一つ、上官に報告して罰してもらう。一つ、日本軍の流儀で一発叩いて「水に流してしまう」である。フランス人の軍医大尉の頬を叩いたことは認め、国際法に背くなら罰せよと言い、上官にはまったく責任がないと力説した。

被告席にいた将校たちは感動に打たれた。古山が責任を告発せず、かえってそれがないと言い立てたからである。「(将校たちは) 被告席で泣きはじめて、いわば一種の感動的なシーンがそこに現出して、フランス人の判事連中もまた、非常に感動的な表情で、私たちを眺めた」(同)

出廷した証人も古山に有利な証言をした。判決は禁錮八カ月の実刑判決であった。未決収監の期間が一年に及んでいたため、判決の翌日にはサイゴン中央刑務所から釈放された。獄から出された古山は、獄窓で叫ぶ獄友を振り返って最敬礼し、歩んでは止まって最敬礼することを繰り返した。「元気でな」と残る者たちに叫び、ぼろぼろ涙を流して泣いた。

「本籍別戦争裁判受刑者名簿（一）」では、古山の「満期出所」の日付は一九四七年四月二三日。南部仏印では雨季が近く、暑熱の強まる頃であった。

「週刊キャンプ新聞」をつくる

釈放後、古山はサイゴン中心部から南東に行った場所にある日本人抑留キャンプに入った。市内からはアロヨ・シノワという運河を渡る。土地の名前はカンホイといい、現在のホーチミン市四区である。近くにはサイゴン川が流れ、外洋からの大型船が入る波止場があった。

キャンプでは軍人・民間人の別を問わず集住していた。

元軍人たちは、元将校と元下士官以下の別で分かれ、竹の柱、アンペラ（カヤツリグサ科の多年草の茎で編んだ筵《むしろ》）の壁、ニッパヤシの葉で屋根を葺いたニッパハウスに起居した。ニッパハウスは、日本軍が南方でしばしばつくったものである。

古山は残留軍司令部の将校たちに歓迎された。将校をかばった兵隊だと受け止められているらしかった。

約半年間に及ぶキャンプ生活は、入営以来自らつくった殻――思うだけの自由に閉じこもるため――を破る時間でもあった。ガリ版刷りの「週刊キャンプ新聞」を編集・発行した。これにはキャンプ外に出る民間人から寄せられるニュースや抑留者たちがつくる歌などを掲載した。印刷の実務には協力者を得た。刑務所内で楽しんでいた演劇も続けた。野球もやったし、九人制バレーボールもやった。刑務所に残された人々の差し入れにとピーナッツタフィやもやしの酢の物をこしらえた。戦争中にはなかった「つくる」生活を送る楽しみがあった。

キャンプ全体はのんびりしていた。ベトナム人（当時は安南人と呼んだ）が酒を売りに来る。抑留者たちはそれを買って飲む。麻雀、花札に興じた。フランスから使役を命じられると応じ、古山は「カンカン虫」をやった。これは波止場にある船の錆を先の尖《とが》った金槌で落とし、ペンキを塗る仕事である。

古山がキャンプを出て復員船に乗った日付は定かではない。前出の「本籍別戦争裁判受刑者名簿（一）」では、連合軍司令部法務局から日本政府に通牒がなされた日付を一九四七年一〇月二七日としている。連合軍側での手続きが終わったものと解釈すれば、この頃に抑留を解かれたと考えられる。

＊　＊　＊

一九四七年一〇月一九日、日本丸がサイゴンに向かって佐世保港を発った。南部仏印の邦人を帰還させるためであった。その船体は今日《こんにち》横浜港で保存・展示され、白色の佇まいを見せているが、敗戦の年の一二月からは、アメリカ太平洋艦隊日本船舶管理部（SCAJAP＝スカジャップ）の指揮下、在外邦人の帰還業務に従事。この時期は、スカジャップの命により黒に船体を塗られていた。

黒の塗装は日本丸に限らなかった。一〇〇トン以上の日本船は、船体を黒色か灰色に塗り、外には大文字で「スカジャップナンバー」と呼ばれる数字（日本丸は54）を書き、「スカジャップ旗」を掲げる必要があった。

日本丸は、名前に相反して占領の現実を背負っていたのである。サイゴン港で人々を乗せて川を下り、外洋に面したサンジャック岬（現ブンタウ）では遅れて釈放された古山の獄友が乗船した。

その後、南シナ海を北上した。一夜、台風による激しい波浪に揺られた。佐世保到着は一一月二一日。このときの引揚者総数は二九八名であった。

佐世保の南風崎《はえのさき》駅に近く、現在ハウステンボスがある場所には旧兵舎を使った引揚援護局があった。引揚援護局は海外からの引揚者たちの帰還業務にあたっていた。人々は少し離れた浦頭《うらがしら》で上陸して検疫を受けてから、引揚援護局に移動した。帰還先の駅名を申告すると、そこまでの乗車券が渡された。

『復員援護の記録』(佐世保地方復員部)によると、彼らに対し「退職賞与」を支給していたが、それは五〇〇円および相当の帰郷旅費であったという。古山のエッセイには「釜山、そして下関、門司」では、「復員して佐世保に上陸すると、政府が二百円くれた」とある。その後、南風崎駅から列車に乗った。軍隊の枠にはめられた最後の移動であった。

第三章　「万年一等兵」の下積み

自由の身に

敗戦から三回目の秋、古山は日本に帰った。戦災孤児が駅で靴磨きに勤しみ、買い出し列車の窓からは人々が出入りする。街中にはテント村やバラックが並ぶ。戦争の傷跡と呼ぶにはまだ生々しい風景が広がる時期であった。

佐世保から乗った列車を降りたのは国鉄（当時）の旧小倉駅である。現在の西小倉駅のあたりに位置して、小倉城に近かった。木造平屋建て、西洋風のモダンな煙突を持つ駅舎であった。ここで鹿児島本線と日豊本線が分岐している。復員列車を降りた古山は、遠ざかる列車を見送りながらホームでバンザイをした。生まれて初めてのバンザイであった。

そして両手を広げて深呼吸した。

待ち望んだ軍隊からの釈放であった。

ああこれで、やっと長い刑期が終わり、自由の身になった、と思った。あんないい気分は、生涯を通じて、めったに味わえるものではない。（「釜山、そして下関、門司」）

軍隊は古山に憤ることの虚しさを教えた。欺瞞、醜悪、愚劣なものに満ちていたその組織は、感情的に対峙することを諦めさせた。虚無感が古山を貫いて、軍隊生活が終わった。

肉親探しのため、日豊本線に乗り換えて別府を目指した。父が母の死後、新義州の病院を人に譲って別府の親類を頼って住んでいるはずだった。

列車には車掌に訳を言って乗せてもらい、別府駅でも同じようにして改札を出た。親類を訪ねると、父は生まれ故郷の七ヶ宿に戻り、敗戦の翌年の八月七日、すなわち古山がチーホア刑務所からサイゴン中央刑務所に移された日に死んだことがわかった。浜松で映画館を経営している親類を訪ねてみよと言われ、再び列車に乗った。

門司へ出ると列車を待つ間、駅近くの食堂で一杯二〇円のかけうどんを食った。二〇円のコーヒーを飲んだ。所持金は佐世保で支給された二〇〇円、軍隊の外套を町の人に売った分け前として仲間からもらった一〇〇円、別府で親類からもらった一〇〇円の合計四〇〇円だったという。

門司から乗った列車は関門トンネル——戦時中の一九四二年（昭和一七）七月に開通——を通って本州に入った。

古山は浜松で姉の所在を知った。次に座間の姉を訪ね、千葉の浦安にいる兄の番地を知った。姉からは父佐十郎の最期を聞くこともできた。

父は敗戦の直前になって朝鮮にある口座から預金を引き出す手続きをした。当然これは間に合わず、郷里の七ヶ宿に戻った。

近代教育の恩恵に浴し、大陸進出を背景に植民地で病院を建てて地位を確立した父は、晩年も国家の命運に左右されたわけである。

モルヒネ中毒で体の自由も利かず傍目にも元気があるようには見えなかったが、医師である。村内には医院があるものの、渡瀬からは離れていた。近所であれば佐十郎が診た。当時の佐十郎を知る古山家の人によれば、若者に背負われて往診に出向き、報酬として薪をもらったりしていたという。

＊　＊　＊

古山は復員の年の暮れから兄のもとで半年ほど寄食した（「ターフに魅せられて」）。立教大学を出た蕃樹は本州製紙（現王子製紙）に勤務していた。

自筆年譜には残していないものの、古山の最初の就職はエッセイ「私の就職——泥棒よけの昼寝が就職（?）初体験」に書かれている。これは「いとこの紹介」によるもので、会社はＰＴＡ向けの雑誌を編集していたという。

巷間知られるように、ＰＴＡそのものはアメリカ発祥のものである。日本では一九四七年（昭和二二）頃、結成の気運が高まった。『戦後教育年表』（阿部彰・風間書房）には三月、文部省が冊子「父母と先生の会」を、ＰＴＡ組織化の参考として各地に配布したと記されている。三年後の一九五〇年（昭和二五）には小中高のいずれでも98％以上の結成率となる。教育の「民主化」の一例であろう。古山はそういう占領を背景とする職場に入ったわけである。

ただ就職したPTA向けの雑誌をつくる職場は編集長兼社長と古山の二人きり。編集長が記事を盗用したことに古山は抗議し、いられなくなってほどなく去った。

「映画教育」という占領政策と転職

学校教育でなじみのある「視聴覚教育」という言葉は、戦後に生まれた言葉である。古山のサラリーマン生活をなぞると、その発端を辿ることにもなる。

「占領下米国教育映画についての覚書――『映画教室』誌にみるナトコ（映写機）とCIE映画の受容について」（中村秀之・Cine Magazi Net! No.6）に従えば、GHQ（連合国軍総司令部）は占領政策の一環として「非劇場」型の教育映画の浸透に力を注いだ。「日本側に制度・組織の整備を要請し、映写機やフィルムなどの資源を大量に投入して全国的な啓蒙活動を意図した」（同）

啓蒙活動の中で視聴覚教育という言葉も流布していった。

この映像面での占領政策に応じる日本側の組織は財団法人日本映画教育協会（映教）である。映教は戦前からあった文部省の外郭団体「大日本映画教育会」と戦後生まれた「教育映画製作協議会」が一九四六年（昭和二一）一〇月に合併したもので、翌年二月には機関誌『映画教室』を創刊した。

映教の事業はGHQの占領政策と歩みをともにしていた。

『戦後教育年表』によれば、一九四八年（昭和二三）五月、GHQは16ミリ発声映写機を都道府県ごとに配置、地方軍政部の監督下、映写活動を開始するよう指示した。一〇月には文部省がGHQ貸与の映写機とフィルムの運用を全国に通達した。

それは「日本人の国際情勢に対する啓蒙と日本の民主化」に資することを目的としており、16ミリ発声映写機「ナトコ」（シカゴのNational Company製で商品名Ｎａｔｃｏ）の一三〇〇台の貸与、都道府県の社会教育課での視覚教育係の配置、映写機一台の一ヵ月二〇日以上稼働などを含んでいた。

「視聴覚教育」という、今日では当たり前に使われる言葉の発祥はこのナトコにあり、映画フィルムのそのほとんどがアメリカ製であった。

一九三三年生まれの音響ディレクター、木村哲人は著書『テレビは真実を報道したか』でナトコで映画を観たときのことをこう書いている。


私たちはハリウッドの明るい光線で撮影した画面に驚きの声をあげた。内容はアメリカの市民生活、快適なダイニング・キッチンや電気掃除機、自家用自動車、スポーツの楽しみなど。それを実現したデモクラシーのすばらしさ、スクリーンに映し出されたアメリカ文化の数々は、天国のようにまぶしかった。こんな偉大な国家と戦うとは、身の程知らずにもほどがあると納得したのである。

ナトコ事業はいわゆる民主主義教育のみならず、日本人のアメリカ観をつくる意味合いもあったようである。

＊　＊　＊

占領軍主導、映画はアメリカ製。このナトコ事業について、映教の機関誌『映画教室』は「巡回映写屋的な」人々が運営に携わっている点を指摘したり、「ナトコ運営の実態」と題した特集を組んだりして批判も加えていた。

一九四八年（昭和二三）五月、この機関誌編集部に古山は入った。母親のいとこのつてであった。

映教の事業を古山のエッセイによって具体的に見ると——

（映教は）視聴覚教具の製作者と視聴覚教育を実施する教育者とを共存共栄させる仲立ちになっていた。新教育はいかにあるべきか。視聴覚教育はいかにあるべきか。そういう主題を掲げて、研究活動の世話をする。どうすれば視聴覚教育を実践できるか、ということについて啓蒙する。その啓蒙がうまくいけば、新教育が進み、視聴覚教具の製作者の商売も繁盛する。視聴覚教具が作られて、新教育の内容はそれだけ充実したものになる、と謳っていた。

（「忘れられない授業——反面教師？」）

敗戦から間もない日本は「正義や自由を声高に叫び浮かれていた人の多い世の中」（「近代文学

この一篇」）であった。正義も自由も占領軍によって与えられたものであるにもかかわらず、あるいはそれがゆえに、世を覆っていた。

古山も記者としてナトコの実情を『映画教室』（昭和二四年六月号）の特集「ナトコ運営の実態」中でレポートしている。題して「ルポルタージュ　ナトコを追って」。これは「編集部　古山高麗雄」と記載された署名記事であった。

冒頭の書き出しによると、古山は取材で、静岡県賀茂郡下河津村（現河津町）から、「伊豆半島東海岸の村々を南から北へナトコを追って廻った」

最初は下河津村の逆川という集落であった。ここに来るまでの間、古山は「ナトコ」も「CIE」も「民主主義」も、いずれの単語も人々から聞かなかった。

映写会場は「二十五畳ほどの広間であった。壁には切りとった「ロマンス」の表紙が、額に入れられて飾ってあった」

『ニューヨーク港』『ニューカナダ』『濠州の首都』の三本、計四一分の映写であったが、途中電灯が消えるトラブルもあった。映写後、古山は「地理と歴史を一緒にした様な映画だ」「濠州ちう処は偉いものだ」という声を聞いた。古山は記事にこう書いた。

だが部落の人達は、生活程度の高い英米人の生活を観ても「偉いものだ」と言うだけである。CIE映画を単なる絵葉書として見せないためには、指導者達は並々ならぬ苦労を傾けなければなるまい。

（「ナトコを追って」）

「民主主義」のために戦後、アメリカ式のものが無数に導入された。その一つへの醒めた見方を感じさせる指摘である。

晩年のエッセイ「奴隷とピー」では、右の民主主義への懐疑を率直に表明している。「戦争に負けると日本人は、戦前のものは、糞も味噌も一緒にして否定した。戦後、アメリカから占領政策の枠の中で与えられた民主主義、表現の自由、人権尊重などといったものに、大喜びでとびついた」――

古山は取材の折、ある集落で「為にはなっても面白くないCIE映画」との意見を聞いた。映写会場の小学校では子どもたちが天井にミカンの皮を放り上げるから、床はミカンの皮だらけであった。稲取町（現東伊豆町）では映写を観た中学生たちがCIE映画が面白い理由を「為になるから」と答えた。漫画の上映を希望する声も多く、要するにCIE映画は面白くはないとの評価が下されていた。映画は娯楽として欲されていたのであって、教育は人々の求めるところではなかった。

ともあれナトコは「津々浦々」に行き渡った。問題はあっても普及した。そして古山はレポート中で問題提起と提案をしつつ、最後にこう書いた。

「日本の現状では、ナトコはこういうかたちで、日本の民主化を行うのである」

「ここは家じゃないわ」

古山は映教に勤務していた一九四九年（昭和二四）に見合い結婚をした。勤め先からいくらか金を借りて式を挙げた。

新居は駒込に構えた。古山家では製紙会社に勤める兄と富裕な軍医の家に嫁した姉みつ子が、父母の役割を、財産の管理を含めて果たしていたが、新居購入に際しては長兄蕃樹が二五万円の資金を提供したという。

駒込といっても六義園の周囲に広がる宅地とは違う。駒込駅東口を出た谷底の方である。家は借地建売住宅で、八畳二間と四畳半一間の平屋で風呂はなかった。

妻明子が最初に家を見たときに発した言葉は、その後、古山の親戚の間で言い伝えられている。

「ねえあなた、ここは家じゃないわ」と明子。

古山は答えた。「何で？　家じゃないか」

明子は言った。「塀がないわ」

塀というのは築地塀のような立派なものを指すらしかった。

古山の娘の千佳子によると、「父は、母が美人だからどんな性格でもいいから結婚したい、と。母はそうでもなかったんです」

明子は東京帝国大学卒で海軍の技術将校であった夫に先立たれ、再婚の身であった。前夫とは横須賀の官舎に住まい、水交社（海軍の将校クラブ）で戦中でもエビフライを食べていたような身分である。初婚の前には家族から「明子さん、将校さんとお医者さん、どっちがいい？」と聞かれるような家の出で、先方の家に嫁した際には実家からお手伝いさんがついていったという。戦地で「カタツムリも食った」とのちに話す古山とは戦時中の境遇において段違いであったと言ってよい。

妻の父は三菱製紙に勤め、兵庫県の高砂で工場長を務めるなど出世を遂げた人であった。住まいは駒込の通称「大和郷《やまとむら》」の広壮な邸宅であった。そういう家の娘だから、実家の女中がときおり「お嬢様がひとりでお困りじゃないかしら」と様子を見に来た。

結婚の翌年（一九五〇年）八月、娘が生まれた。妻は「佳世子」と名前を決めていたが、古山が京城で亡くなった妹の千鶴子から一字をとって「千佳子」とした。かつて放蕩に身を落とした青年は、三〇過ぎの妻子持ちになった。

自筆年譜に記されなかった処女作

書くことへの志を古山は失っていなかった。検閲があった戦前・戦中と異なり、むしろ自由に書きやすいはずである。例えば最晩年の講演では復員後のことに触れて、「小説家になろうとする気持ちはそんなに強くなかったけれども、戦争の話はちょっとしてみたかった」（「戦争をどう書くか」）と話している。

「書ける・書けない」（講談社文芸文庫『プレオー8の夜明け』所収）と題したあとがきから引く。

実は私は、帰国後しばらくの間は、自分の戦争経験をネタにして、三つほど短篇小説を書きたいと思い、原稿用紙を前にしたことがある。けれども、まったく書けなかった。その後生活に追われているうちに、書きたい思いも萎え、やがて、小説を書く気など、すっかりなくなってしまった。

三つというのはデビュー作「墓地で」に加え「プレオー8の夜明け」「白い田圃」の三作で、これだけは語りたいと思っていたというのである。

「自慢話を聞いてもらいたかった」とも最晩年には振り返るのだが、作家になってから安岡章太郎との対談で「そのうちにおれは書けないということを自覚し始め」（「弱者の文学・強者の文学」）と吐露している。

生活に追われ、日々の暮らしに沈み、志は薄められていく。よくある話だろう。しかし古山はまったく書かなかったわけではない。

「何度書いても書けなかった」と語るのを、古山が後年「僕の弟子」と周囲に紹介していた作家の太佐順《たさじゅん》が記憶している。「墓地で」まで書かなかったのではないだろう。

自分が極限状態で経験したものを話したくてしょうがない――

そんな思いを持っていた古山だが、一九四七年に復員してから「墓地で」に辿り着くまでの間に、一度ならず書いたに違いないし、一度は実際に商業誌に掲載された。

作品の名前を「裸の群」という。サイゴンの監獄に材を取った「記録文学」として、『雄鶏通信』という雑誌の一九四九年一一月号に掲載された。

加島祥造との出会い

古山自身は一九六九年（昭和四四）、江藤淳に勧められて書き、『季刊藝術』に発表した短編「墓地で」が処女作であると、自筆年譜に記している。だが、復員後しばらくで作品を書き、発表していた。ちょうど結婚した頃である。

「厚いものを編集部に送ってきたんだな、古山さんが。それを延原《のぶはら》さんが読んで「面白いと思うからこれを載せよう」ということで、戦記文学の中の一つとして載せたんだよ」

英文学者・詩人の加島祥造は「裸の群」発表の経緯をこう語る。加島は雄鶏社が発行する『雄鶏通信』で古山の作品を担当した。二人はやがてお互いを「祥ちゃん」「高麗ちゃん」と呼び合う関係を築く。年齢は古山が二つ上だった。

「延原さん」とは『雄鶏通信』の編集長でコナン・ドイルの翻訳者として知られる延原謙である。

「当時まだ引揚者が帰ってくることが多かったので、「そういう人がいたら記事を集めろ」ということで、僕は延原さんの下で編集に従っていた。そして毎号、戦地から帰ってきた人の記事を載せていたんだ」（加島）

古山の原稿は直接、募集に応じてのものだったようである。それは加島が『雄鶏通信』編集部で働くようになって一年目か二年目のことだった。加島は古山のように外地には行かなかったものの、戦争末期には出陣学徒として軍隊を経験している。

加島は延原から担当を命じられると、古山に連絡をとった。雄鶏社は東京の江戸橋にあった。そこに一度くらいは古山が来たかもしれないという。掲載までともに担当したのは、加島と同じく延原の薫陶を受け、ミステリの翻訳家となる井上一夫である。

『雄鶏通信』は戦後すぐに創刊された雑誌の一つで、名称には勇ましい「闘鶏」と、方向を示す「風見鶏」の両方の意味が込められた。文芸誌ではないが、「記録文学」という名称で増刊号を出すこともしていたから、文学と無縁というわけでもない。スタッフには加島、井上一夫や、のちに直木賞を受ける向田邦子も別の雑誌の編集部に在籍するなど、文筆に進む者がいた。

編集長の延原謙は、前任の詩人で評論家でもある春山行夫《はるやまゆきお》が海外事情の紹介に力を入れたのに対し、記録文学の発掘に意を注いだ。加島が言うように、引揚者や復員者を念頭に、あるときから「海外レポート」を募った。

雄鶏社から出版された『インパール』はベストセラーになり、直木賞候補に列せられた。著者の高木俊朗《たかぎとしろう》は映画出身で、陸軍報道班員としてインパール作戦に従軍している。拙劣な作戦指導に憤り、戦後告発の意味合いの濃い戦争ノンフィクションを書き続けた人である。

編集部には『インパール』が証明したように、戦地の体験記は売れるとの判断があっただろう。小説家・評論家の今日出海《こんひでみ》は陸軍報道班員としてフィリピンで従軍、『雄鶏通信』には「山中放浪」を連載した。編集長の延原が「旧悪を撃つ」式の告発じみた記録文学を必ずしも望んではいなかったことは、今日出海の作品を紹介するにあたり、「死線脱出を深刻ぶらぬ軽妙な筆で描く作品。記録文学は決して陰惨な真相暴露文学ではない」と記したことからも窺える。

『ホームズ翻訳への道――延原謙評伝』（中西裕・日本古書通信社）によれば、延原は戦前、夢野久作が雑誌『新青年』に投稿してきた「あやかしの鼓」によってその才能を見抜いた。

つまり目利きでもある。その延原に古山は見出された。加島の記憶では、古山の原稿で書き直しはなかった。

さらに延原と古山には奇縁と呼ぶべきつながりがある。延原の二度目の妻克子は旧姓を岸田といって、長兄が劇作家の岸田國士である。岸田とは河出書房に転じた古山が深い関わりを持つことになる。

＊　＊　＊

『雄鶏通信』に載せた「裸の群」の舞台は、かつて収監されたサイゴン中央刑務所。一九七〇年（昭和四五）に芥川賞を受ける「プレオー8の夜明け」と同じである。

登場人物の名前や振る舞いに違いはあるものの、共通点は多い。獄中の素人演劇が話の軸にあること、主人公の兵隊が女らしい兵隊と同性愛の関係になること。細かに挙げていけば、限りがない。

古山の作品に通底する悲哀が下地のユーモアもある。主人公に対する「起訴理由書」には「彼はHonniであった」と書かれていたが、「Honni＝ホニ」について、「昔西洋にホニという悪逆無道の人物でもいたのか」と推量したり――（それは日本語の「鬼」を意味していた）

違いは読む人によってさまざまに指摘できよう。第一に「プレオー8の夜明け」にある音楽的な響きが「裸の群」にはない。それだからか生硬な印象を受ける。いや、生硬ゆえ音が感じられないのか。ともあれこれが商業誌への初登場ではあった。

河出書房への転職

映教で得る給料は安かった。貧乏を感じたが、それは恵まれた新義州時代があってこそのものであった。自身でそれが筋金入りのものでなかったことは、「飢えもし、寒い思いもするようでなければ、貧乏とは言えまい」「私が潜って来た貧乏は、まがいであったり、期間が短かったりで、たいしたものではない」(「三流の貧乏」)と後年認めている。

娘の千佳子の回想。

「父は新義州では一番というような裕福な家に生まれ、お手伝いさん、コックさんがいる家で育っています。母もお姫様育ちで、父と結婚するのにお手伝いさんを連れてこようかという感じだったそうですが、住む家を見たら無理だと。でも戦後しばらく、みんな貧しかったんですよね。私は周囲の友だちより、うちが貧しいと感じたことはありません。父は「銀座のお買い物は和光で」とか、そういう生活を母にさせたかったと思うんですよ」

昔、自分が親の仕送りでしたようなことを、自分の稼ぎでもしたいと思っていたようだ。

「父は南方の果物がある千疋屋が大好きで、行くと私には、パフェならパフェで何種類でも頼んでいい、と言っていました。好きな分だけ食べて残せばいいと言うんですね。家族に不自由をさせたくないというより、自分がそういう食べ方をしたかったんだと思います」

競馬を始めたのは、「裸の群」を発表した年(一九四九年)である。最初は新橋の場外馬券売場で買った。一〇〇円が二五〇円になった。以後、毎週二万円ほどを五週続けて儲けたこともあった。

新橋の場外では、出征前の一時期、世話になった菊岡久利に出くわすこともあった。土曜日に場外で買って当てて、それを資金に日曜日は競馬場へ行くのがやりかたであった。

妻には「あなたが、競馬をする人だとは、知りませんでした」(「ターフに魅せられて」)と非難された。堅実に会社勤めをする家族で育った妻にとって、古山はほとんどやくざであった。

山手線で秋葉原に出て、総武線に乗り換えて水道橋へ——娘の手を引いて後楽園の場外馬券売り場にも繁く通った。「遊園地に連れて行く」と言えば、妻にも言い訳が立った。

紙一重のところで生死が決まる戦場で実感したのは「運」の強力である。その経験が運の支配する競馬に彼を向かわせたようである。

後楽園では実際に娘を遊園地で遊ばせつつ、場外馬券場近くでソフトクリームなどを持たせて待たせ、馬券を買った。娘の目から見て、周囲は異様な風体の男たちに満ちていた。娘の方では別のところに行きたいと思うこともあったから、なぜいつも遊園地は後楽園なのか、疑問なのであった。

「この馬券場のことをママに言ってはダメだよ」と古山は馬券売場のことを口止めした。もし話せば、後楽園に連れて行ってもらえなくなることはわかっていたから、娘も言いつけを守った。

馬券はこづかいの範囲で買っていた。古山の本の装画をたびたび担当し、親交のあった画家村上豊は古山の競馬の特徴を「小さな金額でたくさんの馬券を買うのが好きだった」と語っている。古山が最晩年に執筆を始め、絶筆となった『人生、しょせん運不運』(草思社)を担当した増田敦子は、「必死だったみたいですね、競馬は。生活費を稼ぐために」と話す。

競馬は遊びの類ではなかった。稼ぎは勤務先のそれを上回ることもあったし、妻のアクセサリーや娘のおもちゃにも費やした。「お前の三輪車は俺が競馬で当てて買ったんだ」とは、のちのちまで娘に語ったことであった。

＊　＊　＊

一九五〇年三月、古山は妻明子を置いて福岡に単身向かった。勤務する映教から福岡支局の立ち上げを命じられたのである。

映教は経営上の困難に直面していた。古山の場合、厄介払いの扱いで、教育映画のフィルム、スライドなどとともに事務所開設の資金として二万円ほどを与えられた。

未払い金のある顧客から取り立てて独立採算でやっていけという。九州に赴任はしたものの、本意ではない。転職の道を探らざるを得なかった。

辞めるまでの間、協会から与えられたフィルムを持って、九州全域を鉄道で回った。小学校を訪問しての顧客開拓、すなわち東京で売れ残ったフィルムを売ろうとした。リュックにはチラシと焼芋を入れていた。金がなく、焼芋を食べてしのぎ、旅館に泊まるにも夕食は抜きで節約しての旅行であった。

そんな折でも事務所では夜になると机を壁際に寄せ、ビルの他の会社の人々を集めてダンスパーティを開いた。暗い環境でも新曲発表会や素人演劇をやって楽しみをつくろうとした、「プレオー8」の精神を発揮していた。

河出書房の頃。後列左から二人目が古山（七ヶ宿町 水と歴史の館提供）

五月、古山は河出書房に転じた。製紙会社に勤務していた兄番樹のコネであった。以後長く歩むことになる、編集者の道の第一歩である。

河出書房は神田駿河台を下った交差点の近くにあった。

河出書房に移って間もない六月、朝鮮半島で戦争が始まった。大韓民国（韓国）は、中国人民解放軍の後押しを受けた朝鮮民主主義人民共和国（北朝鮮）の軍隊に釜山まで追い詰められたが、国連軍の仁川上陸で盛り返した。この戦争の折、米軍機の爆撃によって新義州と安東を結ぶ鉄橋の半分が落ちた。

河出書房では最初の三ヵ月ほど、校正部で校正に従事した。『現代日本小説大系』『世界文学全集』が売れ筋の頃で、古山は校正部から移った先の文芸出版部でそれらの月報を担当した。月報は実力ある編集者の仕事ではない。前職の機関誌の編集経験で通用するつもりであったが、そうはいかなかった。

出版社の編集部で偉いのは売れる本を出す者である。給料も上がる。編集者同士は競争するわけだが、古山には競争の中へ飛び込む勇気がなかった。

作家との付き合いのほか、編集会議で企画を通すことも編集者の重要な仕事である。古山はそういった場で「きわめてゆっくりと順々に」(「楷書と馬券」竹西寛子)意見を述べた。

自ら回顧するところでは、彼は企画を通すための根回しや術数に力を傾ける方ではなかった。結果的に「できる編集者」にはならなかった。「うだつの上がらぬ社員」であった。

ただ、ある種のふてぶてしさは捨てなかった。「低姿勢だけどしぶとくてなかなか言うことを聞かなかった、という他人評」(「編集者冥利の生活」)は自ら知るところであった。

いつかは編集長をやってみたい思いがあっても、売れるものをつくることはできない。給料は上がらず、むしろ後輩社員に抜かれる。年下の者たちが「参事」なる肩書きを与えられ、管理職扱いになる。

当時の河出書房は社長の考え一つで社員の給与が決まったという。ボーナスの多寡は社長の評価で決まったし、「給料袋の中に、税務署に申告しないチップが入っている」(「ダメ社員の三十年」)こともあった。ところが自分のそれには入っていなかった。

古山は他人が得ているものを自分が得られないことに鬱屈した。だが下積みは戦前に下降願望を持ってからのことである。仕方ない。ただ本物のルンペンにはなれないから、「ほどほどの下っ端で生きてりゃいいいんだよ」(「辺見庸の屈せざる者たち」)と思っていた。

年功序列はないから勤続することで得られるものもない。「またここでもオレは万年一等兵だな、しかし、これも身から出た錆だ。フランス砲艦の錆は落としても、わが身の錆は落とせないな」（「ダメ社員の三十年」）と心中にぼやいた。

安岡章太郎の文壇デビュー

一九五一年（昭和二六）、安岡章太郎が『三田文学』に「ガラスの靴」を発表、文壇デビューを遂げた。

安岡によれば、雑誌掲載後一カ月ほどで古山から葉書で連絡があった。中国文学者で慶應義塾大学教授を務めた奥野信太郎のもとを訪ねた折、古山は『三田文学』に載った旧友の小説を見たというのであった。

安岡のエッセイには古山の文面についてこう書かれている。

あれから十年、高山も死んだ。倉田も死んだ。僕は仏印で戦後しばらく戦犯に指名されてカンゴク生活を送らされたが、どうやら死刑にもならずに、日本へ帰ってきた。昔は昔のこととして、よかったら一度会って話がしたい
（「昔の仲間」）

「悪い仲間」によるわが子への感化のうち、古山の影響が甚大だったと信じる安岡の母は、この葉書におののいたという。古山の方では、「作家の道に踏み出した安岡がうらやましかった」（『岸

田國士と私』)。「悪い仲間」を転落の道へ先導した自分が今では定収入を得て生活を保とうとしている。旧友は初志を貫いて小説家の道を歩み始めた。比較すれば卑屈になる。書けるということだけでも羨ましい。

だが才能がないと諦め、万年一等兵の会社員として生きるしかないと思った。兵隊時代から抱いていたように「世の中上見りゃ千人、下見りゃ千人だ、まあなんとかやって行くべえ」(「覇気なし、自信なし」)と思った。

デビューから二年後の一九五三年(昭和二八)七月、安岡が「悪い仲間」「陰気な愉しみ」で第二九回芥川賞を受けた。安岡は吉行淳之介、小島信夫、庄野潤三などと「第三の新人」と呼ばれる存在として文壇で地歩を築いている。

古山にしてみれば、デビュー時以上に悔しさがあって当然であろう。

安岡の芥川賞受賞から三年後の一九五六年(昭和三一)六月の『文藝』では、編集部を訪れた安岡、共通の友人で詩人の石山皓一《いしやまこういち》とともに古山は土門拳撮影の写真に収まっている。編集者として、こんなコメントを寄せている。

安岡君が「ガラスの靴」という短篇を発表したことから再会のチャンスを得た。そのころ僕は安岡君が芥川賞をもらうとは思っていなかったが、つまり僕はジャーナリストとして眼力がなかったわけである。

素直に読めば自身の無能をさらしている。しかし安岡の力量を上から見るかのような、対抗心の発露と読めなくもない。

古山は「悪い仲間」のボス、藤井高麗彦のモデルとして業界では有名になってしまった。古山の顔を見るやふきだす人もいたという。自身では、安岡が戦前からの思いを捨てず小説を書く姿に、初心の薄れている自分を感じずにはいられなかった。

芸術的に生きることを唱えた自分が生活に引きずられている。小説を書いていない。仲間たちからの「脱落」である。だからこの時期の安岡とは「取り残されたほそぼそとした感じで、つきあっていた」(「微笑と変貌」)と後年、振り返ることになる。

* * *

不本意な思いを重ねながらも、河出書房では編集者として多くの作家の知遇を得た。『現代日本小説大系』を他の者と三人で担当していた折には、佐藤春夫、井伏鱒二、久保田万太郎、獅子文六(岩田豊雄)、室生犀星など、高名な書き手の知遇を得た。作家の謦咳《けいがい》に接する「編集者冥利」を覚えた。久保田万太郎からは弟子の仲間にと望まれもした。「うだつは上がらなくても、こんな面白い職種に就けたのは幸運だと思わなきゃ」(「編集者として、書き手として」)と考えた。給料と階級では次々に後輩に抜かれはしても、編集者の仕事自体は面白い。充実感もあった。

心を開いたと思しい相手には、自らを積極的に語った。野上弥生子は古山を「美しい心情の持ち主」と感じて日記に書き留めている（『野上彌生子全集』第Ⅱ期第十一巻・昭和二六年一月十八日）。

> 河出書房の古山さんが文学全集に（宮本）百合子さんの「伸子」と真知子を合本にしたのを持参。彼は、仏印に出征、捕虜収用《ママ》所につとめた為戦犯になつて一年間監獄で暮らしたケイケンをいろ〳〵きいて有益であつた。美しい心情の持ち主であることも分つて悦しかつた。彼の「二十五時」にはゲオルギウにはない情味深いものがある。是非書くことを勧めた。ビルマの女が小ブタに自分のお乳をのます話。ビルマ人は夜松明をともして歩るき《ママ》、その為野原を少し焼くと、航空陣地に近い為、敵への内通のサインとされて虐め打たれる。遁げると、疚しいからとされて射殺、カンゴクの内の演劇。同性愛、裁判所での劇的な判決。スパイと見なされた仏人を水で拷問する時、水を運ぶことを命じられた一兵卒まで殺人補助《ママ》の罪名を受ける。

野上に語った出来事は、いずれも後年の作品で書くことであった。

岸田國士との出会いと失業

時間は少し溯るが、河出書房入社の翌年（一九五一年）、師と仰ぐことになる劇作家の岸田國士を知った。古山が河出書房で出版する全五巻『演劇講座』の担当となり、谷中の岸田宅を訪ねたのが最初であった。『演劇講座』を編集するのは「雲の会」である。会は「文学、演劇、美術、音楽、映画等、芸術の各ジャンルの交流の中に現代演劇を生み出そうとする、いわゆる〝文学の立体化運動〟」(「岸田國士と私」)を推進する集団で、その主宰者が岸田國士であった。

そのうちに岸田は「年譜の下ごしらえをするように」と古山に言った。古山にとっては嬉しい話であった。参考文献目録もつくるようにとのことであった。

岸田に会うたび、話を聞いてメモをとり、関係者には往復葉書を出して教示を乞うた。住まいのある駒込から岸田の家までは山手線で日暮里に出るだけで、ごく近かった。

休みの日には上野の国立国会図書館の支部上野図書館に出かけ、岸田の事績を調べた。岸田から交通費にと毎月五〇〇〇円を渡された。年譜が自分の作品と思い、加えて研究書目、参考文献一覧表の作成にあたった。自らは書けない中で、のめり込んだ仕事なのだった。

一九五四年(昭和二九)三月四日、岸田は舞台の稽古中に倒れ、神田一ッ橋講堂から救急車で東大病院に運ばれた。車中、古山は岸田の吐瀉物を手で受け止めた。翌日に病院を訪れたときには岸田はすでに亡くなっていた。古山は声を上げて泣いた。彼は当時、巖谷大四《いわやだいし》編集長のもと『文藝』の編集に従事していた。

翌年にかけて新潮社版『岸田國士全集』が刊行される際、古山は企画に参画し、年譜のまとめを担った。本には「古山こまを」の名前が校訂者として印刷された。附録に年譜作成の経緯や思い出を綴った文章を寄稿し、「この数年間は張合のある期間であつた」と書いた。亡くなるまでの三年間、岸田との関係は、短くもかけがえのないものであった。

岸田は古山にラジオドラマの脚本を書いてみるように慫慂し、古山の方では「ラジオドラマでも小説でも、何か書いて、読んでもらおう」(「「葡萄畑の葡萄作り」風小説」)と思っていた(だが書けなかった)。

岸田は古山に語りかける中で、「人間はものをどのように認識し理解しなければならないか、雑談の中でもさりげなく教えてくれた」(「編集者冥利の生活」)。また古山の話に耳を傾けてもくれた。深めた付き合いは、作家になってから『岸田國士と私』という作品に結実する。

＊　＊　＊

一九五七年(昭和三二)、三月のある日、古山は作家の檀一雄を石神井公園の家に訪ねた。帰途、社に電話したところで勤め先の倒産を知った。

倒産後は、新社がつくられ人員整理が行われた。古山は第一次の人員整理からは外されて、首切りは免れた。黒字の『日本国民文学全集』を担当し、中山義秀、獅子文六ら有力作家を担当していたことが助けとなった。だが残務整理ののち、失業。

河出書房倒産後、古山はすぐに定職に就かなかった。半年間は公共職業安定所に通い、失業保険の支給を受けた。退職金は規定の三分の一を分割払いで得た。職探しに行くと妻明子には言いながら、次にどうすればよいのかわからなかった。ただ町を歩いて帰った日もあった。

戦場を経験したがゆえの開き直りがあった。

今どき、餓死した人がいるとは聞いたことがない。してみると、私は人より傑れてもいないがそう劣ってもいないはずだ、だとすれば、なんとか食えるはずだ。（「三流の貧乏」）

だが思うばかりで何もしない。困窮が深まるのは避けたいが、どうすればいいのか。

印刷、レイアウトなど編集制作の実務には通じていたからその方面で「なんでも屋」を始めることにした。ゴーストライター、雑文やテレビ映画の翻訳台本書き、パンフレットの制作の仕事などを受け、糊口を凌いだ。作家になってから「貧乏をした」としきりと書く時期はこの頃が中心である。

安岡章太郎の縁で友人となった詩人の石山皓一が、伊豆の北川温泉の旅館の娘と結婚していたが、石山から頼まれ彼の義父の伝記を書いたこともある。

この時期翻訳を手がけたらしい本が一冊、一九五九年（昭和三四）に出版された。タイトルは『エブラハム・リンカーン』（スターリング・ノース・緑地社）。緑地社の社長小林秀雄（評論家の小林秀雄とは別人）は明治大学で岸田國士の教えを受けた人物で、創元社の編集者として岸田國士のもとに出入りしていた。古山は岸田のところで小林と知り合っている。あるいはその縁で、創元社倒産後、緑地社をおこした小林から仕事を受けたのかもしれない。

『エブラハム・リンカーン』の翻訳者としての筆名も「古山こまを」である。ひらがな表記にした理由は、娘の証言によれば、漢字で表記すると朝鮮半島とゆかりのある人間であるとすぐ分かるので、それを避けたかったからだという。妻の一族は財閥系企業で出世している人々ばかりで、周囲からあらぬ見方をされてしまうのも嫌だったようである（後年は「高く麗《うるわ》しいのだ」と語ったのだが。

妻明子は失業中、悄然としていた。夫婦二人で激励し合うことはなかった。古山の方では、貧乏をともに耐える妻を望んでもいたようだ。「お金がなくても慰め合って、リンゴをかじりながら荒川の土手でも散歩して、夢みたいなことを言い合ってれば楽しかろうな」（「辺見庸の屈せざる者たち」）と思うこともあった。

古山自身は「切れば血の出る」ような文学を大切にする人間である。作家になってからは「衣食足りず、隣人や女に好かれず、生命生活に不安のある環境からは、「切れば血の出る」ものが出やすい。昔から、貧乏と失恋と病気が作家の身上といわれている」（「衣食足りて文学は忘れられた！」）との考えを記している。

かつて下降願望を持ったように、貧乏は恵まれた出自の彼にとって、作家になるために経験しなければならないことでもあった。

この時期も競馬は止めなかった。失業保険を馬券購入に費やしたこともあった。この時期を指してか「僕は競馬で稼いでいたことがある」と晩年、年下の編集者によく語った。

＊　＊　＊

再就職は一九五八年（昭和三三）。神田神保町にある教育出版に嘱託として入った。契約は三年。定収入を得られることで安心を得た。

妻子を養うために月給を得なければならない。「安月給にしがみつくのが精一杯」だったし、文学や芸術よりもそれが大事だと思っていた。「小説なんていうのは、家庭を犠牲にしたり、家族を飢えさせたりしてもいいほどしがみつかなければならないものとは思っていなかった」（「小説を書くことと読むこと」）

会社では最初『小学国語辞典』を担当し、次に中学校の国語教科書『標準中学国語』を編集した。手土産持参で教員相手の売り込みも手伝わされた。自社の教科書が採択されるための営業活動である。不向きは自覚していた。苦痛であり、嫌気も覚えた。

だが会社は「月給をもらうための存在」（座談会「新しい作家たち」）として不可欠であった。三年の勤務後、古山は正社員になった。

PL教団の雑誌づくりに加わる

一九六二年（昭和三七）二月、教育出版から芸術生活社に移った。同社はPL教団の雑誌『芸術生活』を発行している。

歩兵第四聯隊に入隊時、友人となった戸石泰一の紹介である。戸石が某日、古山を訪ねて切り出した。PL教団が芸術雑誌を創刊すること、編集デスクを求めていること、編集長が自分の知り合いであること——

戸石の説明を聞き、カラーをふんだんに使ったものになるという点には強く引かれた。編集しがいのある雑誌に思えた。文学、美術、音楽、演劇、映画、デザイン、工芸、華道、茶道など、あらゆる芸術を扱う。

ただ彼にはPL教団に警戒する心があった。

PL教団は戦前に金田徳光が興した徳光教に源流がある。金田の教えを継いだ御木徳一《みきとくはる》がひとのみち教団を組織したが、戦前には治安維持法によって弾圧を受けて解散。戦後の一九四六年（昭和二一）九月にPL（パーフェクト・リバティー）教団となっている。「人生は芸術である」が教えの根幹にあり、同名の書籍も刊行されていた。

古山が入社する前に発行された『芸術生活』（一九六二年一月号）では、教主の御木徳近が作家の司馬遼太郎らを迎えて座談会を行っている。

御木はこんな風に「邪宗扱い」について言及している。

新興宗教というと、邪宗呼ばわりをして人間あつかいしない人が多いんですが、旧宗教の人たちもPLのことはよく理解してくださって、開教以来わずか十五年ですが、いろいろ好意を示してくださいます。

古山は大阪の富田林にある教団本部へ教主に会いに出かけた。会ってみて、「邪教ではないか」という疑いが消えた。「良い芸術雑誌をつくってくれればよい」という言葉に気持ちが固まった。転職することにした。月給は四万円であった。

当初は東京の渋谷区富ヶ谷にある教団の建物内で編集作業を行い、新創刊してしばらくで御徒町に移った。芸術生活社は国電（現JR）御徒町駅近く、PL教団上野支部が入る「PLビル」にあった。ビルが面した通りには都電が走り、周囲には小さなビルが並ぶ下町であった。

『芸術生活』は月刊誌で、「人生は芸術である」という教団の教理に従っていたが、教団が持つ宗教色を出さずに編集して構わないのであった。

＊　＊　＊

机に脚を投げ出す「イエスマン」

「芝生にごろんと寝転んで見られるような感じで、すごく立派な花火大会です。そこに妻と娘を連れて行ってやろうということで、信者になったんですよ、信じてもいないのに（笑）。入信するときは、教団の方が自宅にいらっしゃってお祈りをしました。でもそれは教団の人たちが来たときだけで――」

娘の千佳子は、父親が入信した事情をそう振り返る。花火大会とは、教団が毎年八月、富田林の広大な本部で行う「PL花火」のことである。

信者になる必要はないと言われて入社したが、肩書きが上がると、教団から説得を受けて信者になった。編集長とともに、毎朝、ビルの上階で行われる祈りに参加した。

妻子には花火を理由に韜晦《とうかい》しつつ、処世術のひとつとして入信した――そんな見方もできるかもしれない。

後年、古山が面倒を見た作家の太佐順は若い頃、創価学会系の会社で編集の仕事をしていたことがある。その経験を太佐から聞いた古山は「エライね、君は」と驚いてみせた。

太佐はこう回想する。「僕は課長職を与えられたんですが、「よく課長までいったねえ、どういう神経しているんだ」と古山先生に言われました。笑い話として感心していましたよ」

＊　＊　＊

古山の入社から遅れること二年、一九六四年（昭和三九）四月に清水哲男が『芸術生活』に加わった。清水はやがて詩人として知られることになる。

京都大学在学時から詩を書いていた清水だが、『芸術生活』には「信者ではないけれど、親父が花火屋で、ＰＬ教団のＰＬ花火をやっていたから」紹介で入った。試験を受けたわけではない。雑誌そのものはそれまで見たことがなかったという。

安岡章太郎の作品は読んでいた。どういうわけか、藤井高麗彦＝古山高麗雄ということも知っていた。デスクの古山に会うと、「これがあの藤井高麗彦か」と思った。その高麗彦は若い女子社員からも「古さん」と呼ばれていた。

清水は入社したその日、近所のうなぎ屋で古山に馳走された。古山は「しんどいこともあるけれど頑張ってくれ」と言い、付け加えた。

「忠告しておこう。編集者が身を持ち崩す原因は三つあるんだ。清水君、わかる？」

清水が答えた。「さあ……わかりません」

「酒、女、博打だよ」

清水の方では古山の忠告に、小説でも読んでいるような気になった。

古山が重ねて言った。「これには気をつけた方がいいよ」

清水は「はあ、そうですか」と答えた。

「でも古さん、競馬好きでしょ？　当時は土曜日も仕事をしていたけれど、写真部の競馬好きな若いのを集めて検討会が始まる。お金を出して、若いのに後楽園に行って2―3買ってこいとかやっていた。『あれは博打じゃないの？』って思いましたよ」（清水）

『芸術生活』ではニュース原稿を若手社員に書かせた。清水の場合、入社してすぐ『肉体の門』を観て映画監督の鈴木清順に取材した。

書いた原稿を古山に出した。古山はデスクとしてすべての原稿に目を通していた。三分ほど、古山はそれを見てから言った。「君ねえ、これ文章？」

細かい指摘などなかった。「学生運動上がりの文章だから固い」との自覚はあったものの、清水はがっかりした。「厳しいというか、『ここがこう』とか普通、言うでしょう？　でもそういうものじゃなかったらしい。それで『やり直し』と」（清水）

＊　＊　＊

『芸術生活』は、清水の表現を借りれば、「編集長の独裁政権」であった。これは別に雑誌の世界では珍しいことでもない。

清水の目に、古山と編集長は傍目にも合わない間柄に映った。没交渉に見え、話はしていなかったという。

清水には「悪い仲間」から「悪かったのは古山高麗雄」というイメージがあった。だから実物と小説の高麗彦の乖離を感じた。古山はジャーナリスト肌の編集長——新聞記者出身で創刊間もない頃の『週刊新潮』で仕事をしていたという赤城慧——によって企画をボツにされるデスクであり、編集という仕事への情熱や意欲を周囲に感じさせない存在だった。

古山はイエスマンのようでもあり、自分を通そうとはしていなかった。周囲はその姿に歯がゆかった。新人の方がむしろ編集長に意見するようであった。

清水が入社した年に、文筆家の草森紳一が古山に会い、企画の相談をした。そのときのことを草森は『記憶のちぎれ雲』（本の雑誌社）で詳述している。安岡章太郎が書くところの藤井高麗彦のモデルが古山であることを、草森も事前に知っていた。『芸術生活』を訪問した草森が見たのは「両の脚を机の上へ横柄に「デーン」とのっけていた」古山の姿である。競馬新聞を開いていたという。

古山は草森の示した企画に賛意を示しつつ、「あれが、だめだというに決まっている」と弱気な言葉を口にして「すこしにくにくしげに、空席の隣の机をあごでしゃくった」（同）

しゃくった先は編集長の席であったらしい。

遠山一行との親交

『芸術生活』の古山は夕方になるとハチマキをして仕事に向かった。そんな折、机の上には必ずレモンとチョコレートが置かれていた。周囲には「ドイツ軍の兵士は必ず持っている。これさえあれば生きていけるんだ」と答えるのであった。目覚ましとして残業時にレモンをそのままかじった。

仕事はPL教団の機関誌にも及んだ。いつでも残業しており、家に帰らないことで知られていた。その姿に「家に帰ると奥さんが怖いからだ」と陰口を叩く者もいた。そこまで仕事をするのも一つには、「そうやらないと給料が上がらなかった」（清水）という見方もある。

それでも古山は周囲には仕事に対する熱意を感じさせなかった。三高を中退してからというもの、しがない場所にいて、「その自分を、諦めた目で見ている」（「編集者冥利の生活」）のであったが、この時期を振り返る言葉は弱々しい。

「自分に見切りをつけたような気持で」暮らしていたし、無能の編集者と自覚し、「売れるものをつくることからは降りて」（「虫明亜呂無」）いたというのである。

『芸術生活』は書店で販売はしても、売り上げで編集者の優劣が決まる環境ではなかったようだ。清水哲男が人づてに聞いたところでは、『芸術生活』が読まれぬまま押し入れに押し込まれていた信者の家もあったらしい。

売れなくても構わない環境が「降りて」いる古山にとって良かったのか、さらに鬱屈を募らせたのかは定かではない。

確かなのは売れるものをつくることに長けた編集者がいる場所ではなかったであろうことである。

『芸術生活』の古山は、自分を語らなかった。戦争の話もしなかった。文学論を語ることもしなければ、編集者がよくやるような書き手の善し悪しを話すこともなかった。

清水にしたのは三高時代の話である。

「君は辞めた方がいい」と言われて、すぐ「辞めます」と言ったんだ。何のあてもなく、辞めたんだ」――

清水が三高の流れを汲む京都大学出身だったため、親しみを感じて語ったようだったが、結局清水の方は一年半ほど働いて編集部を去った。

次の勤め先はかつて古山が倒産に立ち会った河出書房の新社である。ここでは安岡章太郎の担当もした。安岡からは「悪い仲間」通りの古山像を聞かされた。「笑いながら〝ずいぶん迷惑を被った〟と安岡さんは言っていた。でも僕の古山像と合わないんだよ、イエスマンだから」

ともあれ安岡は「己を語る人」に見えた。それは古山と異なるところであった。

安岡が清水に話したことの一つにコーヒーの飲み方があった。コーヒーの正しい飲み方を古山が教えてくれたというのである。コーヒーにまず砂糖をたっぷり入れる。上澄みがほんのり甘くなるまで。絶対にかき回さないで上澄みだけを飲むんだ――

＊　＊　＊

『芸術生活』の編集を通じ、古山は音楽評論家の遠山一行《とおやまかずゆき》を知った。『芸術生活』は芸術全般を扱ったから、音楽も知らなければならない。音楽雑誌を読み漁った古山が遠山の書いたものに注目し、依頼した結果である。

遠山は『芸術生活』一九六四年五月号から連載「東京日記」を始めた。

遠山の原稿は毎回遅かった。都内の遠山宅に原稿を受け取りに行くのだが、長く待つ。督促に応対するのは妻の慶子であった。彼女は「ほとんどできているのですが、もう少し書き直したいので、すみませんが、待ってください」という夫の言葉を編集者に伝えるのであった。

書き手がよく使う言い訳だろう。

古山が原稿を取りに出向くと、遠山は書斎にこもったまま出てこない。原稿は完成していないのである。何度も同じことをしているうちに、慶子はこみあげるものがあって泣いてしまった。「嘘をついてはいけない」と言われて育った彼女にとって、毎回の嘘は我慢できなかったという。

驚いた古山だったが、「奥さんはずいぶんと純真な方なんですね」と言って慰めた。

遠山との親交のほかにも、『芸術生活』では生涯にわたる付き合いを始めたものがある。亡くなるまで親しむゴルフである。

ちょうどゴルフ場が飛躍的に増える時期で、東京オリンピックを前にした一九六〇年代の第一次建設ラッシュの最中であった。社用族がゴルフを使うようになっていた。

PL教団は「ゴルフ教団」の異名も持ち、『ありがたき神々』（臼井史朗・三一書房）の表現を借りれば、「東洋一のPLのゴルフ場」、『芸術生活』の広告では「日本一との評判」のPLカントリー倶楽部が富田林の教団本部にあった。接待の意味合いでゴルフを求められた古山はハーフのセットを購入した。『芸術生活』主催のコンペをやるというのであった。東京湾岸の東雲《しののめ》ゴルフ場で慌てて練習し、富田林のコースを回った。

『季刊藝術』への参加

『芸術生活』に移った翌年の一九六三年（昭和三八）、私生活ではベッドタウンへの引っ越しがあった。前年に駒込を出て千葉県市川市で一年ほど仮住まい――兄蕃樹の家が空いていた――していると、座間に住む姉みつ子が神奈川県相模原市上鶴間に売り土地を見つけて知らせてきた。古山は姉から資金的な支援を得て土地を買い、家を建てた。

一九六三年の住宅地図では、駒込の古山宅から至近距離に連れ込み宿と思しい旅館がある。ラーメン屋があり、バーがあり、そば屋なども見え、商店街の様相を呈している。娘の教育上、良くない――そんな妻明子の訴えがあり、古山自身は駒込が好きだったが、引っ越しには同意した。

引っ越し先の最寄駅は小田急江ノ島線の東林間。家はそこから歩いて五分ほどであった。江ノ島線と小田原線が分かれる相模大野駅からは徒歩約一〇分である。土地は六〇坪ほど、建てた家は二〇坪。庭で一時期は家庭菜園にも取り組むようになった。

戦後、相模大野駅周辺は交通の便が良いことから人口が増加した。小田急では沿線開発に乗り出し、『小田急75年史』には相模原町（現相模原市）の都市計画構想を受け、住宅開発に進出したとある。「住宅金融公庫と提携した公庫融資付き建売住宅の販売を開始し、昭和27年から39年ま

での間に分譲土地196万1000㎡、分譲住宅2719棟の販売実績を挙げた」（同）

発展する郊外に、稠密な都市部から逃れ出た人々が住まう。その中に古山もいた。暮らし向きは富裕とは言えないにせよ、貧乏とは言えないだろう。転居に加え、妻明子の意向を容れ、娘を当時にしては珍しく都心の私立中学に進学させている。

相模原では自動車の運転免許を取り、姉の夫から譲り受けたフォルクスワーゲンを駆って出かけるようになった。「人をはねたら、と考えると怖いし、自分が死んだと思うと怖い」（「ちょっと怖い話」）ものの、運転自体は好きで、亡くなる直前まで止めなかった。

＊　＊　＊

一九六六年（昭和四一）、古山は遠山一行から「同人誌」に誘われた。遠山が江藤淳、高階秀爾と企画していた『季刊藝術』の編集実務を担当してくれないかというのである。

遠山はかねて『季刊藝術』の構想を持っていた。「自分の書いたものを載せるのに具合のいい雑誌がほしかった」と彼は、後年同人が集った座談会「『季刊藝術』創刊から休刊まで」（『季刊藝術』第五十号）で率直に語っている。江藤、高階とは立ち上げの数年前から話がまとまっていた。日興證券（現SMBC日興証券）創業者遠山元一《げんいち》の子息である遠山は俗に言えば資産家であり、発行にあたっての資金を出す人でもあった。

『季刊藝術』の構想には実務に人を得ていなかった。そこで『芸術生活』で知り合った古山が候補になった。遠山が連載を通じて人柄や文章を見る目に信頼を置いたことは確かである。遠山の妻慶子は、「遠山は『芸術生活』に連載するとき、すぐ察知したのでは」と回想している。

古山は遠山の話を聞いてみた。『季刊藝術』は講談社から書店営業や宣伝など販売面の支援を受ける方向で進んでいるという。

後日、編輯後記で遠山が「この雑誌が実現したのは、全く講談社の協力のたまものである」と書いたのは、発売元が講談社であったからである。出版社は自社で取次会社に口座（取次口座）を持たないと書籍や雑誌を販売できない。この場合、どこかの会社の取次口座を借り、自らは発行元になる。

だが講談社の支援があっても利益が見込みにくいことに変わりはない。

古山は最初、自分の未来が見えない思いを持った。赤字必至の雑誌に身を預けることにはためらいがあったものの、「赤字でもやりたい」と語る遠山の答えに参加を決めた。話を聞いた翌日には遠山に参加の意志を伝えた。ただ一九六七年（昭和四二）三月には、出張先の高松から遠山に宛てて手紙を書いた。『季刊藝術』の構想が具体化しないことへの不安を吐露し、続けた。

「講談社がもしほんとうに好意があるなら、自分のところの社員を出して、しかも儲ける事業にしっかりとつないで行くはずではないかなどと考えたりします」

遠山との関係では「遠山さんと私の話の量が少ないということが何か心細い感じを起こさせるのです」と率直に記した。

古山は自分が給料を得る編集者としてやっていけるのか、案じていたのかもしれない。将来的にもし専従で働くなら芸術生活社を辞さねばならない。生活の糧を得られるものが次の職場にあるのか。だから遠山宛の手紙にこう書いたのだろう。「私の給料はもちろん、諸経費を事業そのものでまかなえるところまで育てあげなければいけないと思います」

同人の一人、江藤淳については河出書房を振り出しに編集者生活をしていた古山が、学生時代に「夏目漱石論」を世に問うた高名な文芸評論家の知遇を得ていてもおかしくない。ただ二人はそれまで面識がなかった。

一方の江藤は安岡章太郎と交流があった。江藤の方は安岡から古山の人となりを聞き知っていたようだ。さらに「悪い仲間」以来、古山という「幻の作家」がいるということは知っていた。古山の方では遠山の誘いを受けると、安岡章太郎に話し、江藤の人となりを聞いた。

安岡は古山に言った。「江藤と一緒にやるというのは、いいんじゃないか。江藤はいいところがあるからな、江藤とならいいんじゃないかな」(「《生き方》への決意——江藤淳」)

江藤淳による誘い

『季刊藝術』をともにつくることになった江藤淳の目に古山はこんな風に見えた。古山のデビュー後の言葉を引く。

古山さんという人をある距離から見ていると、アメーバ運動しているように見えるんです。ところが、実はそうじゃなくて、ちゃんと骨格がある。骨格がなければ書けるわけがないんですね。この骨格は何が作ったかといえば、おそらく怨望を持たない精神が作ったんですね。

（鼎談「放浪と沈黙、また楽しからずや」）

江藤に芯の強さを見抜かれ、書くことを慫慂される古山だが、参加当初は黒子に徹するということを自らに言い聞かせていた。

例えば創刊号の編輯後記では、「自分が平凡な編輯者に過ぎないことを認識しないわけにはいかない（略）黒子に徹してものをつくる行き方」を務めとすることを書いた。同人三人の求めがそこにあることを強く認識していたし、「その求めに正確に対応することが、「役に立つ」ことになるに違いない」と考えていた。

サラリーマンとして、組織に身を置いてきた彼らしい言葉であった。

＊　＊　＊

創刊号の編集作業は山の上ホテルに部屋をとって行った。古山はまだ芸術生活社に籍を置き、デスクを経て『芸術生活』の編集長を務めていたが、アシスタントの編集者と自分の二人からなる『季刊藝術』編集部で「正念場の本舞台に復帰したのだ」（「編集者生活の冥利」）と思った。

一九六七年（昭和四二）四月の創刊号は、文芸において円地文子、小島信夫、安岡章太郎、石原慎太郎らの寄稿を得た。文壇では保守主義、伝統主義の立場にある雑誌と目された。約一万二〇〇〇部を刷って発売すると売れ行き良好で増刷し、合計二万部近くになった。増刷分も売り切れるほどの反響があった。

『季刊藝術』の頃。左手前が古山。その奥は江藤淳

勤め先で市販の総合芸術誌の編集長の職務にあたりながら、「同人」として『季刊藝術』の編集長を務めることは、『季刊藝術』も市販されている以上、理解は得づらかった。退職に際してもめるところもあったが、『季刊藝術』創刊号発行から半年後の一〇月、約五年働いたPL教団の芸術生活社を辞して季刊藝術出版に移った。妻子には「遠山さんが会社の運営費とか出してくれるから、大丈夫」と説明した。

『季刊藝術』での古山は「芸者屋の女将」を目指した。自分が有能な編集者だとは思っていなかったし、新人発掘の目が利くとも感じていなかった。発掘、すなわち女衒《ぜげん》の役は江藤に任せる構えであった。「女衒はあなた、芸者屋の女将は僕。いい玉探してくれれば、僕が綺麗に磨くから」(「戦争が小説になる時」)と江藤には言っていた。

江藤が掲げたのは新人発掘はもちろんのこと、

才能がありながら作品を発表していない「旧人」に場を設けることだった。古山は旧人が再び活躍できるよう意を注ぎ、中里恒子《なかざとつねこ》、和田芳恵《わだよしえ》らが執筆の場を得て作家人生の第二幕を花開かせた。

＊　＊　＊

『季刊藝術』創刊号に石原慎太郎が寄稿した短編小説「待伏せ」は、古山の小説執筆への契機になった。同作はベトナム戦争中、南ベトナムの首都サイゴンを訪れた折のことを描いたものである。

江藤淳の語るところによれば、悪筆といわれる石原の字を判読し、校正する作業を江藤と古山の二人で行った。校正中、古山がこう言った。

「ああ、オレもひとつ書こうかな」（「放浪と沈黙、また楽しからずや」）

江藤は古山の言葉を聞き逃さなかった。「戦争直前の文学青年の気持が、やはり古山さんのあらゆる仕事の核にあるだろう」と見抜いていた。「現在に生きているからには、いまに焦点の合ったものをお書きになれるんじゃないか」（同）

古山の方では「人の小説をたくさん読まされているうちに、自分もちょっと書いてみたいなという気持ちが起こってきた」（「弱者の文学・強者の文学」）

以後、江藤は古山に「書くように」と誘うようになる。最初、ただ古山はこんな風に応じていた。「僕は小説家にならなくてもいいんだよ。編集者でいいんだよ」（「戦争をどう書くか」）

第四章　「悪い仲間」との決別

結果は「大当り」

一九七〇年（昭和四五）の日本万国博覧会（大阪万博）が準備中だった頃、『季刊藝術』に万博のルポルタージュを書く予定の江藤淳とともに、古山は大阪の千里を訪ねた。

帰りの新幹線の車中、江藤が小説執筆のことを持ち出した。「じゃあ書きましょう」（「小説を書くまで」『三田文学』）と言ったとは江藤の側での記憶である。時を経ずして、『季刊藝術』で依頼していた作家の原稿が落ちてしまうことになり、穴埋めとして書くことになった——そう古山自身は事の次第をのちに回想している。

「お手盛りで下手な小説を載せたと言われたら雑誌の名折れになる」（「戦争が小説になる時」）と思っていた。だから江藤に作品を八百長なしで批評してくれるように頼んだ。

古山は『季刊藝術』の編集作業が終わった後、毎晩何枚かずつ書いた。芝浦の事務所の宿直室に一週間ほど泊まり込んだ。

編集者として過ごすなかで「この辺で満足すべきじゃないかという気持もあった」のは事実で

あるが、「ものをいいたい気持がすっかり消えてしまったわけではなかった。どこかでくすぶっていた」(「笑いと涙に生きる」)。

戦争とか平和ということに関してもひとことといいたかった。だからそれは長い間いいたかったことですからスラッとできた。(同)

五〇枚ほどの短編「墓地で」が完成した。作品は概ね自身の経験に基づいていた。敗戦のベトナムで、道に迷った二人の兵士が空腹を抱えながらサイゴンを目指す道行きを書いた。目次に掲載されたタイトルは「墓場で」。「地」が「場」になっていた。『季刊藝術』では校正を、誰もが知る出版社――例えば岩波書店――の校正担当者がアルバイト的に担うのが通常であった。ただ間違いは免れず、しばしば古山は「編輯後記」で詫びるのであった。

江藤淳としては、古山に書かせることは「賭けといえば賭け」であった。悪い賭けではないと思っていたが、結果は「大当り」であった。『季刊藝術』第一〇号(一九六九年七月)の「編輯後記」で江藤は、古山の登場が「編集同人の仲間うちのよしみからではなく」、「厳正な批評に耐える作品の新鮮さによるもの」だと強調し、遅れてきた新人のデビュー作を申し分のないものとして送り出した。当代きっての文芸評論家を同人とし、その人の評価を得たことは、古山の出発において幸運以外の何ものでもなかった。

「墓地で」は作家や編集者の耳目を集めた。大岡昇平は「あなたにこんな芸当があるとは驚いた」と記した葉書を送ってきた。その本人から「もう二、三篇戦争ものを書いて読ませてほしい」とも、それらをまとめて「一冊にしてはどうか」ともあった。戦争文学の大家からの励ましであった。

意を強くした古山は一冊の本になるだけ作品を書こうと思った。自費出版して『季刊藝術』同人と妻子に贈ろう――

*　*　*

ところが『文芸』（河出書房新社）編集長の寺田博から依頼があった。

古山は自分を職業作家だと思っていなかったから、締め切りは設けないで欲しい、書き上げたら見てもらいたいと寺田に言った。だが寺田によって締め切りが設定され、古山は書き上げた。これが「プレオー8の夜明け」（一九七〇年四月発行『文芸』）である。これは「かなり大部分が事実に基づいて書いています」「いままで僕が書いたものの中で一番事実に近い」（「弱者の文学・強者の文学」）と古山が述懐するものであった。

寺田の依頼に続き、講談社『群像』、文藝春秋『文學界』、新潮社『新潮』『小説新潮』、中央公論社『海』から依頼が続けて入った。

「これで、小説家の道を歩むことになりそうだな」と古山は思った。小説を書き始めて、ようやく自分の未来が見えてきた思いを持った。

四九歳の芥川賞作家

此の度貴作品「プレオー8の夜明け（文芸4月号）」が芥川賞予選作品に推薦されております

一九七〇年六月九日付の発信で、日本文学振興会からの書状が自宅に届いた。第六三回芥川賞の候補として推薦されたという事実と、本名と筆名、現住所、略歴、作品歴、顔写真を求める簡潔な内容であった。選考会は七月一八日とされていた。

さらに七月一日付の発信で再び日本文学振興会から書状が届いた。「決定発表は例年七時半か八時半頃になります。そのとき　早速貴殿の当落をお知らせいたしますので　当夜その頃においでの場所と電話番号を承りたくぞんじます」とあった。

『季刊藝術』の編集に就いてから、古山は家に帰らないことが多かった。この頃は千代田区平河町の都市センターホテル、駿河台の山の上ホテルを定宿にしていた。ただ当日は、当落の連絡先を自宅とした。

妻は「とる」と予言した。古山が書くところでは「わたしのいやがることばかりする」からであった。同時に娘とは芥川賞のような高名な賞を、ゴルフと競馬ばかりの人間が取れるわけがないと話し合っていた。芥川賞に限らず、総じて妻子は古山のことを、家族ゆえに突き放して見ていた。

自分では受賞ということもありうるかもしれないと思っていた。

選考会の会場は築地の料亭「新喜楽」。候補には古山の作品のほか、吉田知子、古井由吉、李恢成、高橋たか子、金井美恵子、黒井千次、奥野忠昭の作品が挙がっていた。

その日、娘は朝から父親が自宅にいることを不審に思った。「めったに帰らないのになぜ」と感じた。二階の自室からダイニングルームの母親のところへ降りてくると、古山は部屋にいて、テレビを見ながらぼんやりしていた。古山自身の回顧によれば「『文學界』の短編を書いていて、それがなかなかうまく書けずにくるしんで」(『小さな世界からの出発』)いたという。

テレビについては日頃、漫然と見ることが多く、家族に受けが悪かった。

テレビを見るなら見る。見ないなら消してね、休みたいなら寝るってはっきりしてちょうだい、何をそんなにぼーッとしているの、よくそんなにぼーッとしていられるわね――そんな痛烈な言葉を妻からよくかけられていた。端正な字で直しの少ない原稿を書く。集中した時間を抜けた反動を、家庭では見せていたのかもしれない。

普段は自分から電話に出ることなどなかったのに、この日ばかりは自室の電話の近くにいた。電話が鳴った。ダイニングルームにいた妻と娘に声が届いた。「はい、はい」と返事をするだけであった。

「やっぱり落ちたのよ」

娘が明子に言った。

上着を羽織りながら古山はダイニングルームに出てきて口を開いた。

「ちょっと出かけてくる、今から。今晩は帰らない」

毎晩帰るわけでもないのにと娘は思いながら、「で、パパ、どうだったの」と尋ねた。

「ああ通ったよ」

そう言って古山は家を出た。四九歳の芥川賞作家としての出発であった。家を出るまで、嬉しい素振りは少しも見せなかった。あとには驚くばかりの妻と娘が残された。

妻子にはそんな態度でも、古山が芥川賞にこだわりがあっただろうことは確かで、戦前の「悪い仲間」時代に、「もし芥川賞を貰えたら、文士になっても食えるんだよ。いや、賞はもらえなくても、芥川賞になるだけでもええッて……。高見順でも、太宰治でも、みんな候補になっただけで、ちゃんと食えるようになっとるからなア」と漏らしたことを、安岡章太郎が『僕の昭和史』で記している。

＊　＊　＊

このときの芥川賞は古山と吉田知子、直木賞が結城昌治と渡辺淳一で、合計四名の受賞者が出た。四名受賞は第三二回（昭和二九年度下半期）芥川賞を小島信夫と庄野潤三が、同直木賞を梅崎春生と戸川幸夫が受賞して以来のことになる。当時、副賞は二〇万円であった。『旧制高校物語』によれば、中退した三高は文芸に進んだ卒業生が多いにもかかわらず、芥川賞・直木賞受賞作家がいない。中退した古山が唯一の受賞者となった。

「原稿料で食って行けるかもしれない」

新橋の第一ホテルで行われた記者会見では、五〇歳に手が届く古山と、作家生活一〇年に及ぶ

芥川賞受賞の記者会見にて（文藝春秋提供）

結城昌治の余裕が記者たちの印象に残った。

古山の場合、江藤淳、遠山一行、高階秀爾を同人とする『季刊藝術』の編集長という格が余計にそう見せたのかもしれなかった。翌日の朝日新聞朝刊は古山の肩書きを『季刊藝術』編集長とし、「私は小説を書く編集者です。これからもそれを続けます」という言葉を紹介した。

また古山のこんなコメントが載った。

「これが二作目ですが、戦争中、フランス軍に捕えられ、サイゴンの監獄にいたことを材料に、被害者意識から脱却しようという意識から書きました」

敗戦から二五年が経過し、早くも記者の側で大東亜戦争を詳しく知らないためか、記事では戦争中にフランス軍に捕まったことになっている。記者会見で上がったにしても、古山がこのような記憶違いをするとは考えにくく、おそらくは記者の誤解である。

読売新聞が「戦後、ラオスで収容所生活を送る」と紹介したプロフィールも誤りであった。ラオスの俘虜収容所勤務は敗戦直前のことであり、収監は敗戦後であり、戦犯容疑者としてのことであった。

古山が終生こだわる戦争体験は、多くの人にとって過去の、人によっては未知のものであることは確かであった。

「被害者意識」について言えば、戦争指導者を指弾することでも文学は成立するだろう。だが戦後二五年が経過した一九七〇年のことである。新味はないし、古山の持ち味を出すことにもならない。「戦争の悲惨を強調すると文学に逃げられがちです」とは小説家になってからの言であるが、そう考えるのが彼の資質でもあった。

直木賞作家で古山とも親交のあった三好徹が古山の姿勢を語る。

「古山さんは体験を押し売りしなかった。俘虜収容所に勤務したせいでひどい目に遭って。でも愚痴めいたことは一切言わなかった。露骨な言い方をしなかった。文学的なんだよね。人を罵らない。それは古山さんの温かい人柄としか言いようがない。卑怯な上官がいて、割を食ったけれども、終わったことを恨まない人、根に持たない人。心に思っていても素振りに出さない――」

＊　　＊　　＊

『文藝春秋』（一九七〇年七月号）に掲載された芥川賞選考委員たちの評価を見てみよう。

井上靖は「私の場合は、一位「プレオー8の夜明け」」とし、「異国における囚人生活を明るく軽快なタッチで描いたもので、気の利いた、しゃれた作品に仕上げた作者の腕は確かなものである」と指摘した。「ともかく達者であり」、「みごとである」とも評した。

第一回芥川賞受賞者であり、従軍記者を務めた石川達三は、井上同様に「達者」さを褒め、批判に対する見解を示した。

「収容所生活の絶望的な心情が描かれていないという非難もあったが、むしろ各自の絶望的な立場からみんな顔をそむけようとしている、その姿がよく描かれていると私は解釈した」

大岡昇平は兜を脱ぐ体であった。「私自身、二十年前に同じような外地の収容所を題材としながら、古山氏の域に達しなかったので、特にこの作品には弱いのである」

『俘虜記《ふりょき》』『野火』などの戦争をテーマとした作品で知られる大岡らしい評である。自分のできなかったことをした後輩への最大限の褒め言葉と言える。

三島由紀夫はよく練られていることを指摘した。

「体験の曲折の上に、悲喜哀歓と幸不幸に翻弄された極致に、デンとあぐらをかいた、晴朗そのもののノンシャラントな作品で、苦みのある洗練は疑いようがない」

丹羽文雄は作品と作者を羨んだ。

「古山氏のは満を持していて、ようやく弓をはなれたといった思い残りのない、すがすがしさを感じさせる。作品がいよいよ作者の手をはなれたときの感情である。羨ましいとさえ思った」

舟橋聖一の評は辛かった。「古山の筆力は旺盛だが、ユーモアに隠れて大事な部分を避けているようだ」と書いた。瀧井孝作も同様である。「戯画化はよいとしても、この文章までも軽軽しいフザケぶりには少し感心できなかった」

作品には古山しか書けない新しさがあったことは間違いない。語る通り、加害者意識とも被害者意識ともまったく関わりを持たない位置から戦争——戦闘の類は一切出てこないものの——を描いた、それまでの戦争文学にはない独創性を感じさせた。それが選考委員たちの評価するところでもあった。

「受賞のことば」で古山は、「賞をもらったのは、旧制中学を卒業したとき以来です」と述べ、品行不良を理由に、首席だったにもかかわらず、平安北道の知事賞をもらえず、学力優等賞であったことを明かした。芥川賞は、そういう注釈付きの受賞ではなかった。

編集長兼作家の面接

芥川賞受賞後、祝いの来信が多数あった。新義州時代の友人、編集者として付き合っていた作家たちに加え、勤務してきた会社の元同僚からも祝われた。組織になじもうとしない社員という自覚はあったものの、歩んできた場所で必ずしも疎外された存在ではなかった。

『季刊藝術』の同人たちも「いよいよ作家になっちゃったなあ」などと言って祝った。

「悪い仲間」の一人で、教員になっていた佐藤守雄は長い祝福の手紙の中でこう書いた。「雌伏三十年——というと大げさかも知れませんが——生活の苦労と戦いながら、奮起一番、みごとこの栄光をかちとられた努力に心から敬意と賞讃を捧げる次第です」

確かに長い雌伏であった。

「運が良かったから受賞できた」と何度も言う古山であったが、兄蕃樹は「違うんだ、高麗雄は若いときから才能があったんだ。見つけてくれる奴がいなかったんだ」と決まって言った。それだけ一家で期待されていたのであった。

新義州公立中学に在校した者たちでつくる組織「義中会《ぎちゆうかい》」の主催で受賞を祝う会を催した。植民地の小さな中学校にとって、小説家の誕生は大きな誇りであった。会の事務を務めた義中会の岸恒雄によると、五〇人超が集まる盛会で、記念品には愛煙家の古山のためにダンヒルのライターが贈られた。

その後、古山は新義州にかつて住まった人々に取材し、小説「小さな市街図」を執筆、一九七二年（昭和四七）一〇月の『文芸』に発表することになる。

＊　＊　＊

芥川賞受賞直後、『群像』（一九七〇年九月号）では安岡章太郎と対談した。「悪い仲間」時代を振り返り、時代に背き、売れるはずもない脚本を書いていたことをこう語った。

通らないようなものを書くというその行為自体がぼくたち子供の世界では生き甲斐だったんだね。幼い子供のような反抗心というものは、それが実るとか実らないとか、社会にどういうふうに浸透していくかとか、そういうところまで考える余裕はない。ただそれをやるということで、自分がエスタブリッシュメントに抵抗しているということを、自分自身に証明してみせなければならなかった。

（「弱者の文学・強者の文学」）

芥川賞受賞からほどない一九七〇年一一月二五日、三島由紀夫が市ヶ谷の陸上自衛隊東部方面総監部で割腹自殺。文壇のみならず社会全体を騒がせた。

三島自決後の一二月、『季刊藝術』編集部では人が入れ替わった。古山の下で働く編集者として富永京子が入社した。それまで勤務していた編集者が辞めることになり、慶應義塾大学仏文科出身の富永はその後継としてであった。

古山はすでに芥川賞作家として注文原稿に追われ始めていた。富永が会ったときは、ホテルにカンヅメになって書いていた。彼は富永を定宿の、都市センターホテル別館から近い赤坂プリンスホテルの喫茶室で面接して尋ねた。

「三島由紀夫は好きですか」

富永が答えた。「好きじゃありません」

「僕もですよ」

三島は死を美化する作家である。そういう姿勢は古山の好むところではなかった。面接はその程度で終わったという。『季刊藝術』第十七号（一九七一年四月）から富永は編集作業に携わった。次の夏号発行と同時に編集室は芝浦から港区の麻布飯倉に移った。近接して麻布郵便局、対面してソビエト（現ロシア）大使館があり、東京タワーが近かった。

富永によると『季刊藝術』が借りた一室は「元は倉庫みたいなところで、窓もないようなところ」であった。ビルの一階には喫茶店が入っていた。「古山さんは話し好きで、すぐ「コーヒーを飲みに行きましょう」と」階下に誘った。来客にここで応じることもあった。好きな蕎麦は近所の店でよく食べた。仕事中も笑みを絶やさず、煙草をしきりと吸っていた。

編集室には芥川賞作家としての古山に会いに来る他社の編集者も来た。さらに校了間際になると、古山の知り合いなど、他社の校正担当者がアルバイトで手伝いに来た。

古山は作家兼業で傍目に忙しかった。この時期は「二足のわらじ」を履こうとしていた。取材旅行に出かけることもあった。校了を迎える頃にはよく来たが、平時は毎日出社するわけではなかった。同人たちは銀座のレストラン「レンガ屋」の個室で一堂に会した。ここで編集会議を持ったのである。

森敦に書かせる

雑誌の常として、『季刊藝術』でもなかなか原稿が集まらなかった。とりわけ同人らが遅かったという。彼らへの督促は『群像』の編集者だった川嶋勝が担ったという。彼が電話をかけ「あなた、富永さんが一人で大変なのに、同人がそんなのでいいんですか」と急かしたという。

江藤が書き手を発掘し、古山が磨く役回りであったが、有望な書き手の存在を知らせる人間がほかにもいた。その一人が河出書房時代の後輩で、東京新聞文化部に在籍していた渡辺哲彦である。渡辺の知恵で『季刊藝術』で作品を発表し、第七〇回芥川賞を受賞した作家に「月山」の森《もり》敦《あつし》がいる。「月山」は森が山形県月山の山麓にある注連寺で冬を送った経験をもとに書いたもので、一九七四年（昭和四九）の受賞時、森は六二歳。古山の受賞最年長記録を大幅に更新してのことであった。

「月山」以前から森と親交があった作家の三好徹が振り返る。

「それまで森さんは短編は同人誌に書いたりしていた。ただ「月山」はあれだけの量がある長編みたいなもの。書く気力を与えたのは古山さんの人柄ですね。古山さんは人間としてあたたかみのある、信頼に値する人でした。皆がそう感じていたはずです。人柄は独特のものがありました。作家は自我が強いが、そういう点では人前に出たり、上に立ったりすることをしなかった」

森は幻の作家であった。

一九一二年（明治四五）生まれ。日本統治時代の旧制京城中学卒業、旧制第一高等学校中退。若い頃、菊池寛、横光利一の二人にかわいがられ、二二歳で東京日日新聞・大阪毎日新聞に「酩《よい》酊船《どれぶね》」を連載した早熟の人である。その後、作品を発表することなく各地を放浪したり、会社勤めをしたりしていた。

森の寄稿の経緯は、養女である森富子が『森敦との時間』（集英社）で明かしている。それによれば、発端は渡辺哲彦が東京新聞文化部に送られてくる同人誌を読んだことにある。渡辺はデスクに積み上げられた同人誌のうちから森敦の名前を見出した。掲載作品は「光陰」（『月山・鳥海山』文春文庫所収）である。

「天才は死なず」と渡辺は喜び、どこかに書かせようと思った。

「そうだ、『季刊藝術』がいい。古山さんをたきつけよう。彼に入れ知恵をしなくちゃ」(『森敦との時間』)

のちに森敦と富子の前で、そう渡辺は振り返ったという。渡辺が森の健在を発見して古山に紹介した、というこの経緯は、森も古山もエッセイに書いている。

森は古山から依頼を受けると、わら半紙を二〇センチ四方に切り、ボールペンで書き続けた。「「月山」は古山さんが言ったから書いたのであって、他の人たちだったら――」と三好徹は語る。叱咤激励はせずとも「待っていますからね」と伝える。そういう感じではなかったかとも推測する。「原稿ができあがったとき、森さんは「あとで手を入れるから」と言って原稿を古山さんに渡した。でも古山さんはすぐ活字にした」(三好)

森は一度読んでもらったら返してほしかった。しかし古山は意向に沿おうとしなかった。「これでいいです」と返さなかった。返したら古山さんに渡さない可能生を見抜いていたのかもしれない」と三好は指摘する。

森富子によれば、「直したいところはどこですか」と古山が尋ねると、森敦は「友人が迎えに来るところ」と答えた。古山は原稿のその部分だけを森に渡した。

「受賞のことば」(『文藝春秋』一九七四年三月号)で森は「北川冬彦、檀一雄、小島信夫、斯波四郎、三好徹の諸氏および古山高麗雄氏に心から感謝したい」と、感謝を捧げた。

その後、森は小説を指導していた富子を養女に迎えるが、古山は小島信夫とともに保証人の一人になった。古山はそうやって信頼され、力を貸せる人間であった。

唯一の「弟子」に対して

『季刊藝術』編集長として旧人の発掘を行う一方で、古山は新人の発掘にも努めた。

古山が「僕の弟子の太佐君です」と人に紹介するようになった作家の太佐順も江藤が見出し、古山が磨いた一人である。彼の短編「『父』の年輪」は一九七四年、第七一回芥川賞の候補に推されている。

鹿児島県出身の太佐は高校卒業後に上京し、銀座のレストラン「山和《さんわ》」で働く傍ら小説を書いていた。『野火』に衝撃を受け、大岡昇平に心酔するこの文学青年は、レストランに客として来た大岡の知遇を得て、大磯の住まいを訪ねるようになった。「大岡の家で江藤淳を紹介されました。僕が来ているときに江藤も来たんです」

二人を引き合わせようという大岡の配慮だったようだ。以後、太佐はライターや出版社の営業マンなど、職を変えながら作品を書き続けていくが、『季刊藝術』を始めた江藤は、太佐に古山に原稿を見てもらうようにと勧めた。

女衒と女将の組み合わせによる慫慂であった。

『早稲田文学』や同人誌などに書いていた太佐の方では「いよいよ『季刊藝術』に書かせてもらえるようになったか」と思った。

太佐は『季刊藝術』に原稿を送った。一九七〇年頃で、古山の芥川賞受賞後のことである。三〇年近くに及ぶ古山との付き合いの始まりでもあった。

作品は四百字詰め原稿用紙にして五〇枚ほど。古山が電話をかけてきた。「編集室に一度来てください」

　太佐は求めに応じて出向いた。原稿はボツであった。古山は余計なことを言わず、太佐にとって後味は悪くなかった。『季刊藝術』でのデビュー作を、より良いものにしてやろうという親心を感じさせるものであった。

「いろいろ話を聞かされ、「第二作を書いてきなさい」と言われて、「死魚」という題名の作品を送ったんですよ、そうしたら「この原稿なら大丈夫だよ、すぐ掲載するから」と言われました。僕みたいな人間の原稿をぱっと載せたというのは、やっぱり江藤が僕を連れてきたからじゃないですか」

　作品は『季刊藝術』春号（一九七一年四月）に掲載された。

　太佐は『季刊藝術』への掲載を名誉に思った。

「錚々たる人が書いているからやっぱり（他の文芸誌に比べても）ランクが上だという感じを持っていた。ましてや芥川賞作家である編集者が（「大丈夫」と）言ってくれるわけだから」

　太佐によれば、古山の姿勢は、何度も書き直しを求める大手出版社の文芸編集者とは異なっていた。

　編集者は職業柄、「この原稿は商品になり得るか」という観点で見る。書き直しの代案を原稿に書き込むこともある。それは編集者なりの考えによるもので、作品の背景に共同作業が生じる所以である。

　太佐の証言によれば、古山はそういったことをしなかった。

太佐が記憶する細かな直しの要求は、芥川賞候補作となる「「父」の年輪」の作業の折にあった。古山の投宿する「山の上ホテル」に太佐が出向き、ゲラを前に吟味していた。そこで「千載一遇」という表現について「これはいいかな、どうかな」と古山が疑問を口にした。だがそのうち古山の方で「しかしこれでもいいかなあ」と納得してしまった。

太佐は推測した。「先生は編集者でありながら作家。だから書き手の内面がよくわかるんだ」

古山が「森敦の「月山」に比肩する出来」と編輯後記に書いた「「父」の年輪」は、芥川賞受賞には至らなかった。選考会の当日、手術で入院していた太佐のもとに、古山は結果がわかってから来た。

書く苦しみと胃潰瘍

小説を書くようになって、原稿に追われる苦しみを味わうようになった。それまで睡眠が何よりの愉しみだったが、不快な夢も見た。書きためたもののある新人ではなかったことが苦しみの要因のひとつだった。とにかく書かねばならない。数時間まどろみ、数時間書き、再び休む生活を送った。寝つきのためにウイスキーを飲み、チョコレートをかじった。軽微のノイローゼなのでは、とエッセイに書いたりもした。

そのうち胃に痛みを覚えるようになった。娘の千佳子によれば、痛みを抑えるために最初、市販の胃薬を飲んでいたが、それがかえって症状を悪化させたらしい。

カンヅメに使っていた都市センターホテル別館では電気あんかを腹に巻いて執筆したり、口述筆記を行ったりした。胃の痛みに死を思うこともあった。

一九七二年五月、国立相模原病院で胃潰瘍の手術を受けて胃を部分的に切除した。この時期は『季刊藝術』の編集作業に古山は関われなかった。第二二号（一九七二年七月）から復帰し、編輯後記では「追込みの修羅場をすっかり、同人や編集部の富永京子に押し付けたばかりでなく、友人たちにお願いしてしまいました」と詫びた。

新義州から引き揚げた人々に取材した小説「小さな市街図」の執筆は一時期中断していたが、退院後に再開して脱稿、同年の『文芸』一〇月号に発表した。これがこの年に執筆した唯一の小説であった。

『小さな市街図』は老年にさしかかった男性が、新義州の町の地図を自らつくろうと、関係者に取材していく過程を描く。

古山自身の復員は仏印からである。新義州からの引揚体験はないものの、古山は「過去は、かつて住んだ町にへばりついて離れない」（「わが心の町」）という思いの持ち主である。執筆のために関係者に会って話を聞いた。作品が『文芸』に発表されると、新義州出身者たちの間ではノンフィクションとして読む向きが大半を占めた。取材したとはいえ虚構をこしらえ、人物も実在のものではない。それでも、であった。

新義州公立中学校（義中）で古山の弟の登と同級生だった岸恒雄は「（義中会の会員なら）半分くらいは「小さな市街図」を読んだのではないか」と回想している。

新義州出身者たちは、作品の面白さよりも「あの場面はあの子のことだ」といった興味から読み込んだ。実録を読んだつもりで古山宛に手紙を送ってくる者もいた。実録的に感じさせる書き方をしたがゆえのことであった。そのため『文芸』発表の翌月に単行本として上梓するとき、古山は「本編が全体としてはフィクションであること」を「あとがき」に書かなければならなかった。

『小さな市街図』で一九七三年（昭和四八）一月、文化庁主催の芸術選奨の文学評論部門で新人賞を受けた。一四年前、安岡章太郎は同じ文学部門で受賞している（当時は大臣賞と新人賞に分かれていなかった）。賞のために書いているわけではないだろうが、ここでも安岡が先んじていた事実は残る。

＊　　＊　　＊

一九七二年一一月、小説家の後藤明生、ロシア文学研究者の原卓也とともに日本文芸家協会の代表としてソビエト連邦を訪ねた。ソビエト作家同盟の招きであった。文芸家協会の渉外委員長は江藤淳、委員には親しい遠藤周作がいて、ソ連行きを勧めた。

ソ連訪問について、専門家の原は四回目である。後藤はロシア文学、とりわけニコライ・ゴーゴリに深い親しみを持つ作家である。古山だけが「何かを知ろうなどという考えは持たずに」醒めた目を以てかの国を眺めようとした。ロシア（帰国後の旅行記ではソ連という国名は敢えて避ける風であった）に限らず、一つのことを聞いて一〇の嘘をつくかのようなことをしたくなかったからである。

のちに発表する旅行記（『風景のない旅』として刊行）によってあらましを書くと、まず羽田空港発ハバロフスク経由でモスクワに着いた。名所旧跡や文豪ゆかりの場所には興味を一向に持たなかった。チェーホフの家もドストエフスキー博物館も見たが、何の感慨も催さなかった。ソ連の作家たちとの交流にも不熱心であった。自著を一冊も持参しなかったから、彼らに署名して進呈するようなこともしなかった。訪問地をめぐっては二人と合わないところが明白にあった。

もっぱら宿泊先のホテルを早朝に出て市場を覗き、町の風景を観察することを楽しんだ。

モスクワからは日本に戻らずローマに空路で移動した。同行の二人とは別れての一人旅を身振り手振りで乗り切ろうと考えた。史跡に関心はなく、タクシー観光で出した希望はいわゆる貧民街を眺めることであった。夜はポン引きにわざわざ引っかかり、連れていかれたバーで一〇万円を巻き上げられた。

ローマに戻ってギリシャに寄ってからパリに入った。一〇日間の滞在をアテンドしたのはエコール・ノルマル・シュペリエールで学ぶ、東京大学の大学院生だった大久保喬樹《おおくぼたかき》である。大久保は『季刊藝術』第一一号（一九六九年一〇月）に「グレン・グールドとバッハの伝統」という評論を寄稿していた。江藤淳によって銀座のレンガ屋の編集会議に呼ばれ、同人にも引き合わされた。その場で「何でもいいから好きなものを書きなさい」と言われたのであった。

大久保はその後、比較文学を学ぶ大学院一年生の秋、パリに留学した。留学前には『季刊藝術』編集部に古山を訪ね、「留学体験記を書かせてください」と言った。年齢差は父と子ほどにあったが、大久保にとって古山は気さくに話せる相手であった。

「その場で「好きなように書いていいですよ」と古山さんに言われました。もちろん編集会議にかけたとは思いますけれども。留学一年目で四回書いて、「これでいいのかな」と思っていたら、「本になるまで書きなさい」と古山さんから言われまして——」（大久保）

パリは軍国日本からの脱出先として古山が青年の頃に憧れた町である。初めてのパリで、日本人観光客と路上に転がる犬の糞の多さに辟易した。パリが憧れの中のパリではないことを認識した。古山は日中レンタカーを一人で乗り回し、食事は大久保とともにとった。凱旋門賞で日本でも知られるロンシャン競馬場にも大久保を誘って出かけた。大久保は競馬に興味を持っていなかった。「ロンシャンという名前は聞いていましたが、行ったことがなくて、私が連れていかれたようなものですよ」と大久保は振り返る。

「気の利いた名前の馬を買ってくれ」と古山は頼んだ。それでも当たった。元手の一〇倍くらいになった。大喜びして二人は牡蠣を食べに行った。

結局、ソ連、ヨーロッパ訪問は名所旧跡の類ではなく、こうした人との付き合いとその思い出が残る旅となった。

古山の「三種の神器」

一九七三年八月、旧盆の時期に古山は仙台を訪ねた。仙台は新兵教育で屈辱的な扱いを受け、「死にたい」と痛切に思った地である。車で東北自動車道を北上し、福島にいたサイゴンでの獄友を訪ねたのち、仙台に到着した。

三〇年間思い続けてきた土地を訪問する。それは何かを書くためであった。兵営があったと思しき場所を眺め、「これが取材なら何だって取材だなあ」(「水筒・飯盒・雑嚢」)と思った。ただ見るだけだったからである。「終わった」とも感じた。

軍隊時代に世話になった元将校や何人かの兵隊仲間に再会した。彼らとキャバレーに行った古山は、かつて軍隊にあって自らかぶった殻――国に抗う気持ちを出すわけにはいかなかった――から自分がようやく抜け出たことを自覚した。

「終わりではなく始まりだな」と思い直した。兵隊時代の自分について「とにかく無口だったな」と言われた。それは身の処し方のひとつであったのだが、自分の世界にこもる狷介《けんかい》さを思い返す余裕があった。

仙台行きによって書いた作品は「水筒・飯盒・雑嚢」と題された。題に含まれたいずれの品も軍隊時代を追憶させるものである。実生活ではほとんど不要なそういうものについこだわってしまう自分を作品に書いた。妻は結婚後、それら古山の「三種の神器」を処分したが、古山は以後、新たに買ってしまうのであった。

『季刊藝術』第二七号(一九七三年一〇月)では「岸田國士と私」の連載を始めた。師と仰ぐ岸田國士のことを、「岸田門下の末輩」として、自身との関わりにおいて書こうとした。

過去に年譜づくりはしたが、「年譜とは別に書かなければ、書き尽くせるものではない」ことを書こうと二年と少しの間、連載した。「評伝でもあり、私小説でもあり、岸田國士事典にもなる様なものを狙って書いた」(「発想の転換――実人間・岸田國士に触れて」)

「私」を題に出して書くから、必然的に軍国の日本に覚えた反発も書いた。戦後、編集者として後輩たちに抜かれた頃の鬱屈も書いた。

＊　＊　＊

デビュー間もない頃から戦争小説ではない小説も書いた。

芸術生活社時代に材を取ったらしい『湯タンポにビールを入れて』、団地に住まう中年男の浮気を書いた『ボートのある団地』などは戦争と直接は関係しない。そういった作品を通じ（古山について）早くも伝説ができかかっている。つまり世俗的に「ダメ男」の代表格に見られたり、稀な「優しさ」の主というようなレッテルがそうである」（『群像』一九七一年一二月号「古山高麗雄小論」）との評も生まれた。

さらに時代小説にも手を広げた。「人気作家になろうと思った時期もあるんだ」と親しい編集者に最晩年、語るのはこのあたりを指すのであろう。

時代小説は、取材に時間をかける面白さがあった。

例えば一九七四年四月から『小説現代』（講談社）で「今朝太郎渡世旅」と題した連載を始めている。東北の百姓の息子がひょんなことから出郷し、渡世人（博徒）となって江戸へ向かう道中を描いたものである。チャンバラの場面はない。主人公の今朝太郎は逡巡ばかりする冴えない男で、登場する女も美しくない。

物語が進む場所は福島県、宮城県、山形県のあたりで、車を運転して取材にも出かけた。このときに限らず、車で取材に出るときは、山本山の海苔を大量に買い込み、後部座席に載せた。会う人に手土産として渡すためだった。

取材は費用を出版社に出してもらう類のものではなかった。スポーツ紙の競馬欄に寄稿していた関係で、地方競馬の観戦に出かけることが多くなっていた。その一つが福島競馬場で、観戦のついでに取材した。

時代小説とはいえ、取材なしに書けるほどには想像力が豊かではない――古山はそう考えていた。「私の時代小説作法」と題したエッセイではこう語る。「より豊かに想像するためには、現地に行ったほうがよい、という考えがあってそうしないではいられなかった」

『小説現代』の編集長を長く務めた大村彦次郎は、古山の時代小説について「アイデアとしては面白いけれど、池波正太郎のような作家と比べると売れにくい」と指摘する。作品を商品として検討する編集者の目はそう捉えていた。これはもっともなことで、編集者の経験がある古山もおそらく自覚していたであろう。だから専門の作家が幾多もいる時代小説の世界で本気で勝負をしようとは思っていなかったに違いない。

弟子の太佐順は、師の「今朝太郎渡世旅」のテレビ化に動いた。知人の東宝のプロデューサーに話を持ちかけた。

「プロデューサーは厚い企画書や台本に近いものをつくってやる気だった。先生にも、「ひょっとしたらうまくいくかもしれない」と話をしてプロデューサーに会ってもらった。先生も喜んでいましたよ。ただスポンサーがつかない。チャンバラだったらつくけれど、絵にならない。「今朝太郎渡世旅」は、どっちつかずのところがあるでしょう?」

テレビ化の話は立ち消えになった。

古山の時代小説には活劇風のところがない。それは古山の作家としての資質の問題であり、意識のなすところである。

作家の三好徹が言う。

「洋服から着物に変わったからといって人間の本性は変わらない。古山さんの時代小説にある問いかけは「人間とは何か」であるんです」

＊　＊　＊

紀行文は「一を経験しただけで十を判断しては、間違っていることが多いのではないか」(「日本語で歩いた韓国ひとり旅」)と言うくらいなので、見聞から民族性を論じたりするような通俗的なものはなく、淡々と経験と個人同士の付き合いを書いた。

一九七五年(昭和五〇)一月には、戦中に応召して離れて以来、初めて朝鮮半島を訪ねた。韓国で小説文芸社という会社を経営し、『日本研究』と題した雑誌を発行する全玉淑《チョンオクスク》から招かれたのだ。のちに彼女は韓国の現代文学を日本語に訳して掲載する季刊の文芸誌『韓国文芸』を発行する。求められて古山は同誌の編集委員を務めた。

戦地再訪を始める

一九七五年五月、古山は二週間の旅程でフィリピン、シンガポール、マレーシアに赴いた。戦地再訪記を書くためであった。文藝春秋『諸君！』編集部の堤堯《つつみぎょう》（現ジャーナリスト・評論家）が同行した。

戦中に通ったルートを同じ行き方で進むことにこだわった。フィリピンからシンガポールに移り、マレーシアに入る流れは、そのまま兵隊時代の足跡になる。

羽田空港を発って着いたマニラは、かつて輸送船に揺られて上陸した町である。

堤堯の回想。

「マニラで古山さんと山下（奉文）将軍が吊された木を見に行った。マンゴーの老木なんですよ。夏の日差しが葉越しに漏れていて、案内人が「もうすぐこの木は枯れます」と言ったのを記憶しているね。吊されるとき、山下さんが青空をどういう風に見たのかなと思って「いやあ、諸行無常ですなあ」と古山さんに言ったんだ。古山さんは「まったく」と老木を飽かず眺めていましたよ」

駐屯したカバナツアンの町では、片恋の相手の女性を探したが、彼女は亡くなっていた。同行の堤堯に「酔狂ですなあ」と言われると、素直に同意した。「アホなこと」との自意識はついて回った。

空路シンガポールに移動して、同地で自動車をレンタルしてからマレーシアを車で北上した。往時、立派に見えた道路は貧弱に感じられた。大英帝国がつくった道路を立派に感じたのは、占領地に料亭をつくって芸者を侍《はべ》らす日本人を恥じる思いがあったからかもしれなかった。バカに対してむきになっていた己のバカさ加減が思われた。

小さな町でタンメンを食っては、「こんな所まで来て殺したり殺されたりするのと、こんな所まで来てタンメンを食うのは大違いである」(『兵隊蟻が歩いた』)と死んだ兵隊たちのことを思った。

旅の終わりに日本人商社員らと会食した折、フカヒレが供された。兵隊のとき、ニラのみそ汁ばかりを食わされた記憶がよみがえった。うまいフカヒレを口にしながら「死んだ奴もいるんだな、という考えが、ちらと心をかすめる」(同)のであった。

堤堯の父親は帝大を出て帝国酸素(大岡昇平も一時期勤務していた)に入り、戦時には応召したという。学校を出ているのに幹候試験を受けず、どちらかというと、軍隊になじまない兵隊であった。

「うちの親父もぶん殴られる一方の「のらくら上等兵」だからね。起床ラッパが鳴って全員整列するのに必ず遅れていく。それで殴られる。あの戦争に参加させられたけれども、心底から参加していない類の兵隊なんだよ。要するに、「はみ出し」なんだよ。その部分で(父親と古山は)相通じる部分がある。それで会話が何か弾んだのかもしれないね」

クアラルンプールから帰国し、九月、『諸君!』に「一等兵の戦地再訪」を寄稿。以後、連載して、二回目の戦地再訪と合わせて一九七七年(昭和五二)五月には文藝春秋から『兵隊蟻が歩いた』と題して刊行することになる。

＊　＊　＊

「人気作家」を目指す古山は戦地再訪をしたのと同じ年の一〇月、『週刊小説』に「わが花の街」の連載を始めた。

発行元の実業之日本社は旅行ガイドの「ブルーガイド」シリーズで稼ぐ出版社で、文芸は傍流であった。『週刊小説』はいわゆる流行作家が執筆陣を占めており、主流はあくまでエンターテインメントであったが、吉行淳之介、遠藤周作、三浦哲郎、丸谷才一といった純文学の小説家も寄稿していた。同誌で二代目の編集長を務めた五領田諭喜人《ごりょうだゆきと》によれば、後発ということもあり、『週刊小説』の原稿料は他の文芸誌に比べて高めの設定であったらしい。

古山の連載、「わが花の街」は、千葉の若い芸者と花柳界がテーマで、一人の年若い芸者と彼女を取り巻く男たちの姿を描いた。

作品には当時千葉に住んでいた弟子の太佐順が関わった。

古山の求めを受け、太佐は知人の産婦人科医に連れられて行った千葉のお座敷での見聞をまとめた。そこには花街のデータも詳しく書き込んだ。要するに小説の下敷きとなるものを書き、古山に渡したのである。

報酬は一回一万円だったという。同年の大卒銀行員の初任給が八万五〇〇〇円（『値段史年表』）である。材料として採用されなくても変わらない。太佐が感じたところでは、この仕事は小遣いを太佐に渡す口実であった。

「僕が純文学の原稿を書いて『新潮』なんかに持って行くと、何回も書き直しをさせられる。年に二本くらい掲載してもらえても、純文学の原稿料は知れている。結局、僕に小遣いをやるためにさせていたんだと思います。要するに、不遇な若手の作家に対して非常に面倒見が良かったということですよ。それはやっぱり先生の苦境の時代と連動しているわけでしょう。あのとき俺は大変だった、こいつもいま大変だろうな、と」（太佐）

太佐は背格好が古山と似ていた。古山は自分のコートやジャケットからシャツの類まで、太佐に譲ることもあった。

修業の最中の作家と芥川賞作家は、いつしか「あー太佐君？」と古山が電話をかけ、親しく付き合う間柄になった。小遣いを渡すのもそうした関係から出てきたことであった。

古山は『季刊藝術』以後、自分が連載している雑誌の編集長との会食に呼んだり、友人の作家が選考委員を務める文学賞への応募を勧めたりと、この弟子を気遣った。

あるとき太佐は古山に尋ねた。

「先生、相撲で言えば僕はどのあたりに来ていますか。十両くらいでしょうかね」

太佐は相撲をあまり知らず、十両あたりが最下級と思っていた。

「違うよ、序二段だよ」

古山は真顔で答えた。

「悪い仲間」との複雑な空気

「古山先生は一言も安岡さんの話をしなかった。普通なら世間話のようにしてもおかしくないところでもしない、絶対にしなかったです。昔のことも僕には話しませんでした。しっくりいっていなかったと思います。口では言わないけれど、感じていました。先生はほかの人の話はするわけだから、普通ならこの前、安岡から電話がかかってきたよ、安岡とこうだったよと、話してもいいわけです。僕が新潮新人賞の候補になって、選考委員の一人が安岡さんだったときも、先生は一言も安岡さんの話をしませんでした」

太佐順は、古山と安岡の関係についてこんな風に回想する。

「悪い仲間」の間には複雑な空気が流れていたようである。

二人は古山のデビュー後、しばらくは文芸誌で対談したり、エッセイで互いに言及し合っていた。私的にも「お前のおしめは俺が換えてやってたんだぞ」と安岡が古山の娘に語るような行き来があったことは確かである。『季刊藝術』の編集室を訪ねてくることもあった。

『季刊藝術』で編集に従事していた富永京子は入社間もない頃、カンヅメの古山を「山の上ホテル」に訪ねたことを記憶している。編集の仕事の合間に古山は「安岡の部屋に行こう」と言って案内した。友人の関係が生きていた。

だがやがてそこに変化が生じる。

「パーティで私が安岡さんに挨拶すると、古山さんはそっぽを向いて、ぱーっと違う方に行ってしまう」（富永）ようになったのである。

この不仲の原因として古山自身が挙げるのは、『季刊藝術』第三〇号（一九七四年七月）掲載の連載評論「事実は復讐する」である。

筆者は文芸評論を手がける川嶋至。北海道大学文学部で日本近代文学を学んだ川嶋は、岩手大学助教授の頃から古山と手紙を交わす間柄で、その後上京して文部省（現文部科学省）で教科書調査官の職に就いていた。

『季刊藝術』と川嶋の縁は「悪い仲間」にある。川嶋の妻明子によると、「悪い仲間」に登場する藤井高麗彦に魅せられた川嶋は、古山高麗雄＝藤井高麗彦と知るや古山に手紙を送り、交際が始まったという。

連載は編集部から川嶋に対し、「全くの無条件で、十回ほど連載しないか」（「共同討議　文学という虚実」）と話があって始まった。

川嶋は「事実は復讐する」での狙いについて、後日連載をまとめた『文学の虚実』（論創社）の「まえがき」に「事実の側から虚構である小説に照明を当ててみようという目論見があった」と書いている。

小説が踏まえた事実とはどんなものなのか――そう問うものであったと言ってもよい。

連載の第二回で川嶋が取り上げたのが、安岡章太郎の『月は東に』であった。川嶋は評論中で、安岡の若き日の文学上の師である人物（小説家の今井達夫）の妻と、安岡との間にあった「みそかごと」を詳細に検討した。

川嶋の評論を読むと、「みそかごと」について、「当事者の間で書かぬという約束が成立していた」（川嶋）にもかかわらず、安岡が約を違えて『幕が下りてから』『月は東に』で書いたことがわかる。

私小説の手法を使いながら作品をつくってきた安岡は、作家としての成功に反比例するように精神の緊張を失う中で、敢えて過去の「みそかごと」を書いた――そんな風に川嶋は解釈した。

読者は、川嶋によって「（安岡が）自己の実生活の大切な部分を護りながら、ないしは護るために、他者を「犯し」ていった」ことを提示される。このように論じられた安岡の方で負の感情を持ったことは想像に難くない。

実際に安岡は、あるパーティで文芸評論家の川村二郎を「押し倒して馬乗りになりぐいぐい首を絞めた」という。安岡によるこの人違いの逸話は、川嶋至と親交のあった文芸評論家の井口時男が評論「川嶋至が忘れられている」で紹介している。

“安岡章太郎論”の覚悟と遠因

「古山さんがやりたかったもの」――この「安岡章太郎論」については関係者がそう振り返っている。雑誌の進行に関しては、江藤淳の目が通ることなく原稿はゲラになり、掲載に至ったとも言われる。

吉行淳之介を取り上げた原稿は掲載を見送られた。「かなり差し障りがある。（略）裁判沙汰になるかもしれないというような編集部の判断」（「共同討議　文学という虚実」）であった。

連載は、川嶋の意図に相違し、スキャンダルの類として、暴露的な意味合いにおいて読まれた。

文壇での反響は小さくなかった。

川嶋の妻明子によれば、もとより川嶋本人には文壇の反発があるだろうことに対し、覚悟があったのだという。文壇では作家や評論家同士、本当に痛いところはお互いに避けて批評や批判をしている——そういう状況に対して真正面から書きたかったというのが本音であるようだ。「竹光《たけみつ》でやっているところに真剣で斬り込まない方がいい」

そんな忠告めいた言葉を連載開始後、川嶋に伝える人もあった。しかし、真剣は川嶋の本意であり、これを機に書く場がなくなるとしても——実際に以後川嶋は書かなくなる——意に介さぬ心づもりがあったらしい。

そんな書き手を迎えた編集長の古山にも覚悟めいたものがあったと考えて差し支えはないのではないか。

「悪い仲間」でボス格として先鋭的かつ奇矯な振る舞いをした藤井高麗彦。モデルであると業界では知れ渡り、「安岡がかなり誇張して俺のことを書いているんだ」ということも周囲に話していた。「小説とは言いながら」の思いもあったのであろう。

「自分のしたいことを川嶋さんに代行させていたのかもしれない」「「安岡が何だ」って思いもあっただろうね」——当時、文壇に関わっていた編集者は、古山の側にあったライバルとしての意図や意識も指摘する。

古山本人は、「悪い仲間」の一人で教員をしていた佐藤守雄に、川嶋の論文を載せたために「安岡から口をきいてもらえなくなった」（『曲がり角で』）とこぼした。

エッセイには淡々と事実関係を記す程度である。

最近、私は、安岡と親しくつきあっているとは言えない。そのことについて安岡は、まったく何も言わないが、私が編集している季刊の雑誌に、私は川嶋至氏の安岡章太郎論を載せた。それは安岡には不快な論文であったに違いない。しかし私は、安岡とのつきあいが古く、安岡が不快に思うという理由で、川嶋氏の作品を拒むことはできない。——その評論を載せて以後、以前とは違った状態になっていると思う。安岡にしてみれば、私は友人らしくない人間であろう。安岡の心の中は、私にはわからないが、以前と今と、違った状態であることは否定できない。

（「妻をともなう」）

「拒むことはできない」と書くのみだが、評論の掲載を決断した事実は重く残る。

そもそも小説におけるモデルの問題では、訴訟もあり得ないわけではない。川嶋が連載で取り上げた三島由紀夫の『宴のあと』の事件は社会的にも知られているだろう。モデルによって小説家が訴えられたのである。『宴のあと』に関する川嶋の記述はこうである。

「宴のあと」は、雑誌『中央公論』に昭和三十五年一月から十月まで連載され、翌十一月単行本として新潮社から出版された。いわゆる「宴のあと」事件のあらましは次のようなものである。昭和三十四年の東京都知事選挙に取材した作品「宴のあと」について、同選挙で社会党から立候補して敗れた有田八郎は、主人公の「野口雄賢」と「福沢かづ」が有田と料亭般若苑の経営者畔上輝井をモデルにしたものであるとして、「プライバシーの権利」侵害を理由に、著者三島由紀夫と出版社元新潮社社長佐藤義夫、同副社長兼出版部長佐藤亮一の三者を相手どり、損害賠償百万円と謝罪広告請求の訴えを起こした。

（「プライバシーの侵害──三島由紀夫『宴のあと』」）

訴訟に及ぶようなことは「悪い仲間」の間ではなかったが、実際の自分ではない自分が描かれたことに、古山の方では不満がくすぶっていたのかもしれない。

「悪い仲間」とは無関係の旅行記「韓国の小さな町で」の中で、古山は「日本では、モデルが誰であるかが即座にわかり、そのモデルを傷つけようと愚弄しようと、かまわないようだ」と書いて、モデルに配慮を見せない書き手に対する否定的な見解を述べている。

＊　＊　＊

「僕に声を荒らげたのはあのとき、たった一度きりです。先生がこんなに怒ることがあるんだ、と」

太佐順は安岡に言及しない古山の姿とともに、感情的になる古山にも接している。

彼の記憶によれば、事が起きたのは一九七五年のこと。さる文学賞のパーティ会場で、太佐は文芸誌の関係者から安岡章太郎に引き合わされた。初対面であった。

安岡は言った。

「太佐、お前は文章がダメだからなあ」

安岡はのちに直木賞を受ける作家の田中小実昌を呼んで「太佐に文章を教えてやれ」と言う。

だが田中と太佐も初対面であり、二人は困惑した――

後日、太佐はパーティでの出来事を古山に話した。

「安岡がそんなことを言ったのか。なにッ、文章がダメだって？　太佐には太佐の文章があるんだ。何様だと思っている」

古山は色をなした。

古山は自らを「訥弁」と言い、また周囲からは温和なイメージを持たれていた。「控えめ」「編集者をしていたから人に合わせるところがある」など、付き合いのあった人々は、古山が我を露出させることが稀であったことを共通して証言する。

太佐は古山の言葉に強い印象を受けた。あるいは安岡にしてみれば、古山が目を掛ける太佐を通じて旧友に何かを言いたかったのかもしれない。

太佐はもう一つ、安岡との関係で記憶していることがある。

「直木賞だったら断るつもりだった」

あるとき古山がそう語ったという。直木賞らしい作品を書いていたわけでもないのだが、太佐はそこに安岡への意識を感じた。安岡が先んじた賞を自分も得なければ、ということなのかもしれない。

三〇年振りのビルマ

戦争は彼を離そうとしなかったし、彼も離れるつもりなどなかった。

一九七六年（昭和五一）一月、第二師団歩兵第四聯隊の兵営が解体されるにあたり、第一機関銃中隊で親しんだ戸石泰一とともに仙台を訪ねた。内務班の床下に隠匿した『ガルガンチュワ物語』が出てくるのでは、と事前に報道されていた。

大勢に見守られながら、解体に立ち会った。「青春の書」は見つからなかった。顚末は私小説として「退散じゃ」と題し、『季刊藝術』第三七号（一九七六年四月）に書いた。

七月、第二回目の戦地再訪の旅に出た。文藝春秋の加藤保栄が同行した。加藤はのちに中村彰彦の筆名で作家に転じている。

ビルマ訪問は、観光ビザの期限が一週間であるため、二回に分けた。初回はプローム、ヘンザダ、ネーパンの三カ所を訪ねる予定であった。

ビルマのビザは前年の一一月に申請して、コレラの予防注射も打っていた。その後、ビザが下りず、一年以上明けての二回目の戦地再訪となった。

ビザが下りると、三〇年振りのビルマに古山は上気した。

タイ経由ビルマの首都ラングーンへ。一週間を過ごす予定であった。空港から市内のホテルに向かうジープの上で、茂る樹木と夜の闇の深さを見て感傷を覚えた。「これだ、これだ」と思った。

「ついに、と言うか、やっと、と言うか、来たなあ」と独りごちた。前回訪問した、フィリピン、シンガポール、マレーシアとは違う、変化のなさに感傷を深めた。

ビルマの人々への親愛の情は、戦時中、ビルマに関わった多くの日本人が持った。人柄や親切さから、かの国を賛美する「ビルマ・メロメロ」になる——

しかしビルマとその国の人々を「親日」云々で考えるつもりはなかった。

「日本や日本人に好意をもつ国や民族、そうでない国や民族といったような分け方はしたくない」と思っていた。世のそういう傾向には同調したくなかった。大岡昇平との対談ではこう語った。

ビルマ族の中自体に日本人に対して反感を持ってる人がかなりいるはずなんですよね。その人たちの声が表に出ないからといって、ビルマ全土をあげて親日的であり、だからビルマは好きだというような言い方を、している人もいます。しかし、それはちょっと違うんじゃないか。

（「兵隊蟻の戦場再び」）

古山にとって、かつて結婚を夢想したビルマ人女性、ウァインセインやその家族と自分の関係のように、個人と個人の付き合いこそが重要であった。

「民族の一般的な傾向を、あまり簡単に個人に重ね合わせたり、その逆のことをしたりするのは、軽率であり、ときには傲慢であるとさえ、私には感じられる」（「イラワジ河のほとり」）とも考えているのだった。

古山はビルマにオリンパスのカメラとテープレコーダー、ナショナルのトランジスタラジオを持ち込んだ。ラジオはヴァインセインに会えたら渡そうと考えてのものであった。

首都ラングーンのほかでは、日本人からすればひどい宿泊施設に泊まることになった。戦地で泥水に浸かって眠った古山には「まあ、野宿よりはいいと思って下さい」と同行の編集者に話す余裕があった。一兵卒として苦労した彼にとって、タクシーに揺られ、列車で座ることができ、屋根のある場所で眠れ、ガイドまでつくのは、大名旅行にほかならなかった。

タクシーに乗ってかつて駐屯したネーパン村に行った。思い出の三叉路で車を止めてもらった。デビュー間もない頃、抗日ゲリラを追い回した経験に基づく短編「白い田圃」で、「三叉路で、トラックは右に曲がった」と書いている。そこに小さな市が立ち、コーヒー屋でコーヒーを飲んだのだった。片思いの相手、ヴァインセインの家はなかった。戦後、三人目だという日本人訪問者を珍しがり、村人が集まった。ヴァインセインにはヘンザダで会えた、三三年前の一七歳は年齢相応に老けていて、一〇人の子どもを夫との間にもうけていた。

会話は弾まなかったが、気まずい雰囲気ではなく、歓迎されているように思えた。ヴァインセインの夫にとっては、面白くない存在だろうことは自覚していた。

＊　＊　＊

ビザの期限切れで一度バンコクに戻り、ビルマ大使館にビザを申請した。二回目のビルマ入国予定日までの間に泰緬鉄道を訪ねた。雲南戦線に送り込まれる折、貨車に揺られ、ビルマに向かった記憶を辿った。

七月二四日、再びラングーンに入り、翌日マンダレー行き飛行機に乗った。マンダレーはかつてビルマの王朝が都を置いた古都である。マンダレーの次はビルマの避暑地で、日本軍の高級将校が芸者と遊んだメイミョーを訪ねた。メイミョーのさらに先、雲南戦線への思いが尽きなかった。帰路、マンダレーの平地を眼下に望むところまでくると、雲南から退いてきたときの追憶がこみあげた。

マンダレーからは激戦地メイクテーラーを通ってピンマナにも行った。ピンマナはラシオの兵站病院を出て単独行動をした古山が、原隊追及の旅を終えた場所である。

車上からは原隊追及の終着点であった建物を見た。建物へつながる階段を上がりたい気持ちを起こしたが、飲み込んだ。タイ、ビルマ再訪の旅を終えると、ベトナム、ラオス、カンボジアも必ずや再訪したいとの思いが残った。

だがこれらのインドシナ三国はベトナム戦争の煽りで騒然たる状況である。四月三〇日にはベトナム共和国（南ベトナム）がベトナム民主共和国（北ベトナム）正規軍によって首都サイゴンを落とされて崩壊していたから、行ける見込みはなかった。

＊　＊　＊

翌年の一九七七年（昭和五二）、『諸君！』に連載した「一等兵の戦地再訪」は単行本『兵隊蟻が歩いた』として文藝春秋から出版された。タイトルは、古山の書籍を文藝春秋で最初から最後まで担当した萬玉邦夫《まんぎょくくにお》がつけた。古山の作品はベストセラーを狙えるようなものではない。しかし『兵隊蟻が歩いた』のようなエッセイも含め、兵隊の視座から戦争を書ける作家として大切にされていた。

同書刊行後、『季刊藝術』第四二号（一九七七年七月）に吉田満がこの作品を読み込んで寄稿した。吉田は自らの属する世代――大正の自由な空気を吸い、青春を戦争に注がざるを得なかった戦中派世代――を「死者の身代わりの世代」と呼んだ。学徒出陣で多くの友を亡くした吉田にとって、自分たちの世代は生き残ったことによって存在を認められるのではなく、死んだ仲間の代弁者となって生きることで、初めて存在が認められるのである。

だが古山は吉田のように死の意味や死んだ者たちのためにとは考えようとしない。そもそも戦中に「大君のへにこそ死なめ」などと決して思わなかったのである。だから立派でない帝国軍人のことも、立派な帝国軍人のことも、隔てなく考え、書いた。

そういう古山に、吉田は疑問を呈しながら、しかし否定はしなかった。吉田にしてみれば古山は堂々たる開き直りを感じさせる人物なのであった。

青山の「独房」

表参道の交差点から歩いて数分の場所に仕事場を置いたのは一九七六年秋のことである。青山通り（国道二四六号線）を歩いて路地に折れてすぐで、住所は南青山五丁目。周辺には有名ブランドのショップやファッション関連の学校がある華やかな立地である。部屋は「独房」と自らは呼んだ、住居面積七・五五坪のワンルームである。代々木上原の2LDKも候補になった。相模大野の自宅からは小田急線一本で来られる。家族にも便利である。

価格は同程度だったものの、古山の一存で結局、都心の青山に決まった。相模原では一人になれない。原稿の受領に来る編集者にも便が悪い。こうして相模原の自宅には毎月一、二度帰る程度になり、別居夫婦の生活が始まった。

洗濯物がたまると段ボール箱に入れて自宅に送る。たまに妻が来て掃除をする。当初はそんな具合だった。妻は古山が取材旅行で不在になると、夫の独房を拠点に銀座に出かけて買い物を楽しんだ。

古山は近所のスーパーで買い物をし、自炊を面白がった。白米を炊くときは飯盒を使った。飯盒の飯は戦地での記憶を呼び戻させるもので、「飯盒でめしを炊きながら、戦争の想い出に浸って、恵まれておる、恵まれておると自分に言い聞かせている」(「飯盒のある食卓」)のであった。

腹一杯食い、水をたらふく飲みたいと願った戦場の記憶はまとわりついており、水筒を何度も買っては部屋に置いた。水があると満たされたような安心感が得られた。

＊　＊　＊

仕事場には編集者、友人・知人が訪れた。

「裸の群」を通じて知り合った加島祥造も「独房」を訪ねた一人である。

「彼が青山に住んだ頃からかなり頻繁に会うようになった。かなり忙しくなった頃ですね。捕物帖なんかを書いて。ときどき会って飯を食ったりしていたけれど、僕と彼とはそれ以前の友だちだから、話すのは遊びの話で文芸の話はあまりしなかったね」

加島の目から見て、古山はこだわりのない人間であり、不思議に見えた。

「身辺を飾らないし、生活を改善しようとしないでその場その場でやっていた。青山のアパートは牢獄と同じだったんだよ。ベッドが一つ、椅子が一つ、炊事場とあとは本があるだけ。本といっても学問の本じゃなくて、みんなその場の流行の本。あれきりのところで何年もやっていて。あるいは古山が向こうで経験した刑務所みたいな環境に大して違わないよ。それでも彼は平気なんだ」

＊　＊　＊

一九七七年（昭和五二）三月、『週刊小説』に「美女列伝」のタイトルで連載を開始した。バーで働くのを辞めて、花屋と結婚した若い女が主人公で、付き合いのあった老作家が花屋を訪ねては、「二人で会いたい」と誘う内容である。三カ月に一回のペースで書き継ぎ、三年後、『サインは薔薇の色』と改題して出版されることになる。

『季刊藝術』第四一号（一九七七年四月）では私小説を「点鬼簿」というタイトルで書き始めた。点鬼簿とは死者の姓名を書いたもの。過去帳のこと。自分の身の回りで死んだ者のことを書こうとした。

この連載では、「父」で父を、「竹馬の友」で新義州の友人や身の回りの人々を、「戦友」で軍隊時代を、「自殺者」で再び新義州時代を、「知人」で中退した三高時代の付き合いと朝鮮半島ゆかりの人を、「囚人」でサイゴンの監獄で見送った戦犯刑死者を、「女」で出征前に交わった娼婦を、それぞれ書いた。

過去へ過去へと、自分自身を、そして身内のことを遡行した。

一九七八年（昭和五三）には『新潮』で朝鮮に渡った父佐十郎、母みとしのことを主題にした長編小説「螢の宿」を連載し始めた。名前を変えるなどしているが、自分をモデルとした村上孝雄という還暦に近い作家が、東北出身の父、九州出身の母のことを知ろうとする過程を書いた。

同年『季刊藝術』第四七号（一九七八年一〇月）で「点鬼簿」の連載が終わった。発行の一〇日後、歩兵第四聯隊に入隊したときからの親友、戸石泰一が死んだ。

軍隊で唯一心を開いた相手であり、『芸術生活』への転職の契機をつくった人である。『芸術生活』で遠山一行に出会い、『季刊藝術』へ、そして作家へ――戸石は古山が小説家になる道筋の起点をつくった存在とも言える。

二年前、仙台の兵営が取り壊される折にはともに出かけた。あと一〇年は生きようと話し合ったが、持病の心臓の発作から入院していて、一度見舞ったあとは面会謝絶になっていた。死の日、古山は青山の仕事場で小説の構想を練っていたが、訃報に接して狼狽した。

戸石は教職員組合の活動に取り組むなど、政治的には革新の立場だろう。保守と目された古山だが、そうしたイズムで人を分けることの無意味さは日頃語るところであり、だから左派の『民主文学』にも追悼文を寄稿した。古山の人間関係はあくまで個人同士のものであった。

総合芸術誌の終わり

一九七九年（昭和五四）一月、『海』で「身世《しんせ》打鈴《ターリヨン》」の連載を始めた。朝鮮半島に材を取ったこの作品では、韓国の若い女性――妓生《キーセン》――との付き合いを含めて私小説風に描いている。彼女のことは原稿受領に来た編集者にこんな風に語った。

「『身世打鈴』に書いた彼女が会いたいと言ってきているんだ、仕事が終わったから会いに行くんだ、ご飯を食べさせながら、苦労話を聞くんだよ」――

この年の四月、実業之日本社に入った石川正尚《まさたか》は、『週刊小説』の編集部に配属された。日本大学芸術学部卒業で、『江古田文学』に寄稿する文学青年であった。

『週刊小説』には、宇能鴻一郎や川上宗薫といった官能小説の書き手が並ぶ。挿絵もそれらしいものが入る。石川は「エロ雑誌」との印象を持った。

石川が担当を命じられた作家のうちの一人が古山高麗雄であった。

編集長の五領田諭喜人の計らいで、入社から間もないある日、古山と五領田、石川の三名で八王子のゴルフ場に出かけた。石川の目から見て古山のゴルフは「猪突猛進型」で、バンカーでも池でも、構わず前に進もうと打つ。果敢に攻める人であり、負けん気の強さを感じさせるプレースタイルであった。

調子が出ないと、古山はコースを回っている途中に売店で日本酒を買い求めて飲んだ。気分転換と集中のために飲んでいるようであった。

古山と石川は父と子ほどにも年齢が離れていた。原稿が遅い作家とのイメージが強かった。入社早々で原稿取りに必死だったせいもあるが、休日でも石川は古山の仕事場を訪ねた。古山はハチマキをして競馬中継を聴きながら執筆していた。

このとき担当した連載のタイトルは「古里は街道筋」。石川の方では、タイトルを知らされたとき、いったい何を書きたいのかわからず面食らった。戦犯の話が出てきたときには「自分のことを書いているんだな」と思った。バーのマダムが主人公の話なのだが、その父親が戦犯で刑死しているという設定なのであった。

＊　＊　＊

七月、『季刊藝術』の最終号となる第五〇号が発行された。前号の編輯後記では「(休刊は) 心寂しいものがある」と書きつつ、「私たちの仕事は、将来にもつながる何かになったであろうと思っています」と自負を見せた。彼自身にとっても、『季刊藝術』は三〇年以上職業作家として書き続ける道筋をつけてくれたものであった。

発行も近い頃、『文學界』(一九七九年六月号) に発表した「休刊の理由」というエッセイで、「ホッとしたような、寂しいような気持である。もう私には、二度と雑誌の編集にたずさわる機会はないであろう」と感傷的に書いた。

右のエッセイには、赤字でない芸術雑誌、文芸雑誌はないと書き、しかし経済的な理由だけではないことを示した。「(『季刊藝術』は) やはり芸術運動ですから、黒字赤字にかかわらず、このへんがこのかたちでは鉾をおさめるべき時期であろうと思えば、休刊するでしょうし……」というのである。

最終号には同人四人による座談会「『季刊藝術』創刊から休刊まで」が掲載された。タイトルの通り、遠山の構想時の思いや編集専従として古山が加わるまでの経緯や掲載作品の思い出などを語り合った。

その中で江藤が「私が編集者としてした最大の仕事は、古山さんに小説を書くきっかけをつくったことだったと思います」と言えば、遠山も「やはり『季刊藝術』が生み出した最大のタレントは古山さんですよ」と応じるのであった。

休刊に至ったのは、同人それぞれが『季刊藝術』以外に多くのものを抱えるようになったことも大きかった。古山は執筆を大衆文学にも及ばせていた。雑誌を構想した遠山一行は自分が書きたいと思うものを書く場所を、という考えであったから、際限なく続ける意味もなかった。それぞれが各々の分野で地位を築く中で、息切れしたようでもあった。

古山は同人のなかでも気の合う間柄であった遠山とは以後も月に一度、ゴルフをともにするなど、友人としての付き合いを保った。古山は遠山の懐に深く入っているようであった。

休刊は同人の間にあった微妙なすれ違いを浮き彫りにした。寄稿者であり、古山のパリ旅行を案内した大久保喬樹は当時、東京工業大学で江藤淳の助手をしていた。大久保は「事実は復讐する」を書いた川嶋至とともに、関係者を広く集めた慰労会を開きたいと江藤に相談した。

江藤は必要ないと斥けた。理由は定かでなかった。

休刊を迎える頃、江藤が古山に速達で送った書簡に、彼の心持ちが詳しく書かれている。書簡には『季刊藝術』が自身にとって重荷であり、「ふりかかった火の粉」ですらあり、「一度も喜びであったことはありませんでした」と書いてあった。だがそういった負の感情は誰にも告げず、喜びとしようと努めてきたという。

江藤はほかの同人たちが自分の気持ちを知らずともよいが、古山だけは一端を理解してくれているだろうと期待を持っていた。だが古山もほかの同人と同じだと気づき「漠然と寂しいこと」と感じたという。そして寂しさが激しく噴き出し、六〇〇字ほどの編輯後記すら書けなくなったと綴った。

書簡に対する古山の返事はわからないが、古山が終生、自分を世に送り出してくれた江藤に感謝し、敬意を抱いていたことは確かである。

第五章　「戦争三部作」への執念

ストリッパーとの付き合い

かつて永井荷風が浅草のストリップ劇場に繁く出入りしたのは有名だが、古山はあるとき、『週刊小説』の担当者、石川正尚に「ストリッパーに取材したい」と相談した。

石川が電話帳を繰り、池袋のスカイ劇場に「芥川賞作家が取材に行きたいから」と連絡し、了解を得た。古山は石川と楽屋に入り、ショーを終えたストリッパーに話を聞いた。裸身に近い女たちが普通にいる環境に、年若い石川は顔をずっと赤くしていた。

取材が終わると古山はストリッパーの一人と石川に焼き肉を青山で馳走した。以後も古山はそのストリッパーを追い、横浜の劇場に出ていると聞けば、花を買ってタクシーを使い、石川とともに訪れた。出版社にもまだ余裕がある時代でもあった。

古山はこのストリッパーとの付き合いを、周囲に公言していた。日本経済新聞文化部で古山の連載を担当した竹田博志は青山の仕事場で話を聞いた一人である。「嬉しそうに、にこにこしながら「ここに来たことあるんだよ」と。あんまり汚いからって片付けてくれたと言っていましたね、「これは先生ひどいわよ」って」

弟子の太佐順も古山から問わず語りに聞かされた。

「話を先生から聞きました。楽屋まで行っていて。何だかご満悦な顔をしていましたよ。向こうの方が「センセイ、センセイ」ってなついていきていたみたいです」

ストリップ劇場取材後、たびたび古山が『週刊小説』の石川に言ったのは、「石川君には悪い遊びを教えちゃったねえ」「石川君はウブだね」であった。取材は、股間が無毛のストリッパーが主人公の「何処にいるのかエミー」(『水蜜のある風景』に改題して単行本化)という作品などに生かされることになる。石川はストリップ劇場だけでなく、当時流行していたノーパン喫茶にも同行したという。

自ら認めるように古山は女性関係を厳格に考えていないらしかった。妻や娘からは「モテない男の妄想」と見られていたが、私小説でもストリッパーとの付き合いや「妻に隠れて付き合っている女」のことを書いた。

そういう古山に、親子ほど年の差がある小沢書店の編集者、柳澤通博《みちひろ》が何度か尋ねた。

「古山さん、そんなことやっていていいんですか」

古山は「作家だからいいんだよ」と決まって答えるのであった。

だが誰かと特別に深い仲になって、家庭を捨てるようなことはしなかった。

「裸の群」以来の友人の加島祥造が聞いたところでは、女性が近づいてきても、ほどなく離れていくらしかった。

「祥ちゃんは助平だからなあ、そういうのはうまいよなあ」とも古山は言った。

加島が応じた。「高麗ちゃんね、助平ってのは、女を助ける男って意味なんだよ。俺はそうやって女を助けてきたんだよ」

古山は加島の答えに苦笑したという。

* * *

一九七九年（昭和五四）九月、『季刊藝術』にも寄稿していた吉田満が死んだ。吉田の死は、彼の語っていた「大きな仕事」のことを古山に思い起こさせた。古山の推測では、吉田が取り組もうとしていたのは、海軍将校であったがゆえに知らぬ、下級兵士を書くことであった。

大衆小説も書くが、戦争が書くべきテーマであることに変わりはなかった。この年の一一月、古山は『文學界』の編集者、高橋一清を仕事場に呼び、書きたいテーマについて話した。「悪い仲間」「戦争」の二つであった。「悪い仲間」のことを自分なりに書きたい。古山は安岡章太郎の「悪い仲間」が本当ではないのだと言った。

だが「安岡が生きているからなあ」とも漏らした。旧友が生きている間は書けないというのである。疎遠にはなっていたが、配慮はしていたようである。

結局、『文學界』では戦争を書くことになった。

題材は雲南作戦。第二師団が救い出そうとした友軍、騰越《とうえつ》の守備隊について書きたかった。守備隊は玉砕したものの、負傷して敵軍に捕らえられた結果、生還した者がわずかだがいた。

戦争三部作の取材

古山は一兵士として雲南で「断作戦《だんさくせん》」に参加した。インドに発し、ビルマを通って雲南へ通じるルートを封じようとする戦いである。

だが第二師団（勇）は主力として戦ったわけではない。師団司令部管理部衛兵隊の場合、龍《りゅう》陵《りょう》の山中で移動を繰り返していた。古山は主力であった第五六師団（龍）のことを書きたいと思っていた。彼らの一部は騰越、拉孟《らもう》で玉砕戦を戦っている。

取材については西日本新聞に協力を依頼した。事前に、九州在住の芥川賞作家、野呂邦暢《のろくにのぶ》――『季刊藝術』にも寄稿していた――が上京した折に会い、協力を依頼していた。

一九八〇年（昭和五五）、古山は四月上旬から一ヵ月、九州へ車で出かけた。久留米の吉野孝公の家に滞在した。

吉野は玉砕直前の騰越から脱出、蔣介石の雲南遠征軍に捕らえられて戦後、日本に帰ってきた経験の持ち主である。帰国後は「仏壇を設け、庭には慰霊の祠を建て、戦友の霊をとむらって一日として読経を欠かさない」（「兵隊蟻の雲南再訪」）。前年には自分の体験をまとめた『騰越玉砕記』を自費出版していた。

起居をともにして吉野から毎日戦争の話を聞いた。吉野はしばしば泣いた。

吉野の紹介者で医師であり詩人でもある丸山豊は、古山が例外的に讃辞を惜しまぬ職業軍人の水上源蔵少将の副官を務めた経験の持ち主である。水上はビルマの激戦地ミートキーナで部下の将兵を撤退させたあと、自決している。

古山にとって丸山は先達であり、彼の著書、『月白の道』（創言社）は「不朽だの、珠玉だのという言葉を使って評していい作品」であり、いかに戦争を語るか、何を語るか、そこから出直さなければならないのではないかと話しかけられているように思える」（「書けぬことと書かぬこと」）のであった。

最初は自らも経験した龍陵のことを書くつもりだったが、そのうちに「龍陵ではなく、騰越の龍兵団を書こうと考えが変わった」（『龍陵会戦』）。さらに吉野から紹介された熊本在住の捕虜仲間にも話を聞いた。

＊　＊　＊

取材に出かけた年の夏に受けた『すばる』（一九八〇年八月号）でのインタビュー「古山高麗雄氏に聞く」では、話を聞かせてくれる生き残りの人々が「ノンフィクションで書いてもらえる」と思っていることが辛かったと明かした。古山にその気持ちはなかった。「遺族みんなに迷惑がかかる」ということも理由に挙げた。

当時の報道や戦後の戦友会の記事にある「壮烈な戦死を遂ぐ」などと飾られた死の裏側には、悲惨な死に方があったりする。部下に恨まれて殺された者もいる。実名で書けば、生き残った将兵がいる時期のこと、批判や不満が噴出することは目に見えている。だからといって書くことは止められない。

戦争を書くにあたり、大岡昇平の大作『レイテ戦記』のようなものになるのかと、インタビュアーに聞かれると、こう応じている。

戦線の動きだとか何だとかにあんまり力を入れるのは意味ないような気がする。あの人みたいに十年間もかかってやれば、かなり精密なものができるかもしれないけど。僕につかめるようなことは、すでに防衛庁戦史室に行けばちゃんと活字になっていますよ。

（「古山高麗雄氏に聞く」）

古山は「僕につかめるようなこと」、すなわち自分に書けることが何であるか、それにどれほどの価値があるのかを考えていた。

九州取材は自費で行った。取材費を得て書くものとは違う。「作品のためにどれだけの犠牲を強いてきているか。『断作戦』に始まる一連の作品の完成度が高いのはまさにそのためだと思います」と担当した高橋一清は振り返っている。

「日夜、その地形や風景を想像した。話を聞き、地図をひろげ、写真があれば収集した」（「兵隊蟻の雲南再訪」）。やがて「戦争三部作」として結実する第一歩であった。

この時期だけでもないが、古山は選んで戦争を思い続ける日を送った。

『すばる』（一九八〇年五月号）に発表した「釈放された日」は、サイゴンの法廷で刑を言い渡され、翌日、日本人の抑留キャンプに到着したことから始まる私小説である。以後一〇年間、連作として書き継ぐが、これは芥川賞受賞作「プレオー8の夜明け」の続きを、より虚構を少なくして書く趣向であった。

「プレオー8は一種の極限状態でしょ。将来の予測ができない環境です。だから苦しいわけです。大岡さんの『俘虜記』は、先の見えている俘虜生活を書いているわけです。全体には先の見えている明るい極限状態だったわけです。で、今度「すばる」では、『プレオー8の夜明け』以後の、『俘虜記』と同じ場所を書いてみようと思っているんです。

（「古山高麗雄氏に聞く」）

忙しかったが、「やっぱり書くことが一番張り合いがありますね」（同）と語り、充実感を見せた。

「プレオー8の夜明け」の続きである私小説「釈放された日」、「断作戦」という私小説の枠を出たものに加え、「旅の始り」と題したサラリーマン家庭の物語を同年六月、新聞に連載した。掲載紙は北海道新聞、東京新聞、中日新聞、西日本新聞である。

平凡なサラリーマン家庭の息子が片恋の相手を追いかけて九州に行くことから、家族の波乱が始まる――そんな物語だが、主人公のサラリーマンが九州の部隊の元兵士であったり、その関係で初対面の人と関係を深めたりする点で、戦争小説執筆のための九州取材が生かされているようであった。

「勇」のことも書いてほしい

一九八一年（昭和五六）の年明け早々、第二師団司令部管理部衛兵隊の戦友が一人、死んだ。「水筒・飯盒・雑嚢」などの私小説で書いた戦友である。その後、彼の死に触れた「生き残りの死」（『すばる』一九八一年三月号）で古山は戦友への思いを書いた。

私たち生き残り世代の者たちには、そういう思念を持つ者どうしの連帯感というのか、同類意識というのか、そういうものがあるように思われる。

だが生き残りはいずれ減る。だから早く書かねばという思いもあったに違いない。「断作戦」の連載はこの年、『文學界』で始まった。「三部作」と自ら呼ぶようになる作品の一つ目である。以後、古山は毎回ぎりぎりで原稿を高橋に渡した。

古山は夜遅く『文學界』編集部に電話をかけ、「原稿、今できたんだけれど」と高橋に伝えた。ぼそぼそとした話し方であった。時間はたいてい夜の一二時、一時であった。タクシーで仕事場に来る高橋に、古山は原稿を渡した。締め切り間際で入ってくるにふさわしい、整った原稿であったという。

高橋の回想。

「鉛筆書きの綺麗な原稿でした。誤字脱字は一切ない。すごい迫力というか、緊張感で書いておられたと思います。鉛筆書きでしたが、消しゴムで消した跡があったかというと、ほとんどないんですね」

エッセイでも私小説でも、テレビを眺めては文句を言い、ぼんやりして眠り、少し書くという、勤勉でない自画像を書いたが、相当な集中力で原稿用紙に向き合っていたのだろう。このあたりのことを高橋は『季刊文科』連載の「文の力 言葉の力」の「古山高麗雄」の回(二〇一二年一一月号)で詳述している。

翌年七月、連載を終えた。聞き書きに重きを置き、意識して戦記風に仕上げた。作中で古山は自らを鼓舞するような科白を、体験を書こうとする登場人物たちに語らせている。

よか文章にしようなんて、全然思わんこったい。最初はそぎゃんこつを考えずに、下手でんよか、なんでんかんでん突っ走って、一とおり終わりまで書いてみんしゃい。(『断作戦』)

戦闘の全体を書くつもりのないことは、「わしらが書くのは戦史じゃないけん、経験ば書けばよかとじゃけん」といった科白にも明確に打ち出されていた。

作品は雲南の激戦地、騰越で戦った一人である落合一政という老人が、「雲南戦記」という本を私家版で出版したところから始まる。落合は戦友で同じく騰越の生き残りの白石芳太郎や、元軍医で友人の小村寛、軍部批判の厳しい元新聞記者、荻原稔などと行き来がある。

落合の忘れられない戦友は、俘虜収容所でシラミにたかられて死んだ浜崎常夫という弱兵である。浜崎は自分に対して「この戦争は負ける」と危険な言葉を漏らし、反戦的なところを垣間見せることがあった。

主に落合と白石という二人の生き残りが戦場体験を辿る構成であるのは、「あとがき」に書いた吉野孝公と辻敏男という二人の取材協力者がいたからであろう。

死んだ浜崎の妹に会って兄の生前の姿を語ってやりたいという落合の願望から、彼と白石が作品の終盤で東京旅行に出かける。靖国神社に参拝し、二重橋前で最敬礼し、戦友の妹に会って――

亡き戦友浜崎の妹の名前は千津子としていた。古山自身の妹千鶴子にちなむのだろう。あるいは戦場でのことを、早世した妹にも語りたかったという古山の意識の表れかもしれない。

一一月、単行本『断作戦』を上梓した。

＊　＊　＊

古山は「断作戦」を書いて終わりにするつもりだった。

ところが連載時には第二師団関係者からこう言われた。

あなたは「勇」の兵隊だったのだから、「龍」のことを書くなら「勇」のことも書いてほしい――自分がいた師団のことを書くように、ということである。

これが戦争三部作の第二部にあたる「龍陵会戦」へと古山を導くことになる。

元兵士たちの戦後

二〇代で出征したかつての若者にとって、古山が長編の戦争小説に着手した一九八〇年代とはどんな時期だったのだろうか。

会社員であれば現役を退きつつある。彼らは時間的にも金銭的にも余裕――高度経済成長を支え、その恩恵も受けた――があった。

『兵士たちの戦後史』（吉田裕・岩波書店）によれば、一九七一年（昭和四六）から一九七五年（昭和五〇）の間、戦友会の結成がピークを迎えている。また同書は戦友会活動の最盛期を一九七六年（昭和五一）から一九八〇年（昭和五五）としている。

戦友会とは戦場をともにした者たちの親睦の会である。体験記や近況が寄稿された会報や部隊史を発行したり、全国各地にある護国神社を部隊の戦友たちと訪れ、慰霊祭を開くといった活動を行う。

古山がデビューしたのは一九七〇年だが、その頃から兵士の戦いを書く古山の作品を、自らの体験に引きつけて読める読者が確実にいたということにもなろう。

「軍人・兵士たちの手記・回想録をどう読むか」（保阪正康『検証・昭和史の焦点』所収）に従って、下級兵士も含めた元軍人にとっての「戦後」を見てみよう。

同書は戦後を五期に分け、第一期（昭和二〇年九月から二七年四月二七日までの占領期間、及びその前後）、第二期（昭和二八年から昭和四二年ごろまで）、第三期（昭和四三年から五〇年初めまで）、第四期（昭和五〇年代初めから昭和の終わりまで）、第五期（平成の時代）としている。

注目したいのは第三期である。

この時期に防衛庁（現防衛省）戦史資料室が、旧軍関係者の協力の下に編んだ「戦史叢書」の刊行が始まった。叢書のための資料収集は一九五五年（昭和三〇）に陸上自衛隊幹部学校内の戦史室によって始まった。

「約一万五千人にのぼる旧軍人およびその関係者からの聞き取りと、厚生省から移管された約一万件の史料、米国から返還された約三万件の史料、独自に収集した約七万件の史料など」（「『戦史叢書』の来歴および概要」）がもとになっており、叢書は一九八〇年に完結した。

旧軍人の関わり方からして、「公正で確実な史実を後世に遺すことを最大の方針として」（同）いても、偏りがあることは否めないだろう。

また陸軍士官学校、陸軍大学出身といった、戦争を指導した立場の人々が編纂にあたったため、下級兵士の経験までカバーすることは難しく、従って戦場の現実を再現するにも限界があった。

公刊戦史の穴を埋めるように、右の区分による戦後第三期（昭和四三年から五〇年まで）には「下級指導者」「下士官」「兵士」の中で手記を書く人が出てきた。彼らは戦争の現場にいた。さらに第四期にも戦場にいた下級将兵の手記が公刊される傾向は続いた。

ただ『検証・昭和史の焦点』が指摘するように、「ごくあたりまえに戦闘行為を命じられ、そしてもくもくと戦い、死んでいった兵士が大多数なのだが、そういう兵士の手記や遺稿は、戦争を語る書として出版されづらく、私たちにもなかなか入手できないのが現実」だった。

「ごくあたりまえに戦闘行為を命じられ」という兵士の像は、古山の戦争小説に登場する兵士に重なる。こうした元兵士たちの戦いを古山の作品は書いたし、読者もそういった人々であったろう。

＊　＊　＊

古山の仕事は、声なき声の持ち主たちを小説の中で生かすことにほかならない。ただ個人の体験をそのままに書けば、冗漫な回想になりかねない。

「断作戦」を担当した高橋一清が語る。

「体験者でないとこの一行は書けない、というのがあるわけです。戦場に行った人の文章は言葉の重みが違います。まして文章の技術を持った方、作家の文章ですから。何が大事かをわきまえて、自分が体験したことを、ただの体験記とは違うものにしておられるのです」

体験していない書き手が調べて書くのでなく、また体験者が事実をただ羅列するのでもない。小説家として兵士の世界を徹底して書く。それは彼にしかできないことなのであった。

作品に登場する元軍人たちは、職業軍人ではない。彼らは師団長や参謀のような軍の枢要にある者を批判する。例えば参謀辻政信のことを「許すまじ」と考える。

それでも職業軍人即悪という言い方はしない。彼らに向けた恨み言を口にしても、反戦や非戦、平和護持のスローガンに流れることはしない。スローガンを古山は常に斥けた。「反戦」のために書こうとすれば、「赤裸な戦場の真実を把握しにくく」（「兵隊蟻の雲南再訪」）なると考えていたからである。

書くことは一兵士の実感に基づくことだけである。普通の人々は古山と同じように、逃れることもできずに応召し、戦地へ送られた。たとえ戦争が嫌でも、思想的に反戦であっても徴兵忌避など考えようもない時代であった。彼らは、「反戦でも好戦でもない、且つそのどちらでもある」（「日本好戦詩集」）のが、兵士たちのありようだった。

ダメサラリーマンの代弁者として

サラリーマン経験の長い古山は、作家デビュー以来、サラリーマンの視点でものを語り、書く機会が多かった。例えば雑誌の誌上相談で働き盛りで「何もしたくない」と仕事に興味を失い、憂鬱をかこつ商社マンにはこう応じた。

「いつもいつも楽しくて、明るく健康な人生なんて、深味がありません」（『現代』一九七六年二月号）

一九八一年（昭和五六）七月から翌年五月まで、日本経済新聞で始めた連載「狼が来たぞ」はサラリーマンものである。

「狼が来たぞ」は経済紙らしく、主人公は有名商社の営業部長という設定であった。

妻、長男、長女、次男を持つこの主人公は、クラブの女と淡い付き合いをしている。彼は自由業者のような友人と「キャンピングカー事業」を夢見て脱サラする。東京大学を卒業して世間的には名の通った会社に入った長男が失踪する――

起伏のありそうなあらすじではあるものの、ストーリーテラーではない古山の書き方では、結局、遊び相手の女と決定的な確執が生まれることもないし、長男が見つかるわけでもない。脱サラは惨めな結果に終わるが、そこからもドラマは生まれない。意図していたことではあった。「人間というのはみんな、ドラマや危険をかかえこんで生きているわけでしょ。それをことあるごとに爆発させていたんじゃいくらエネルギーがあっても追いつかない」（インタビュー「人間って、公式にあてはまるほど、単純ではない」）

爆発させたいものをいくつも抱えてサラリーマンを続けてきたであろう古山らしい言であるが、毎日一話ずつ、起伏や抑揚が必要な新聞小説にあって、読者の欲求を満たせたかどうか。

連載後、経済誌『中央公論　経営問題WILL』での「〝落ちこぼれ〟のしたたかさ」と題されたインタビューでこんな風に語った。「僕の小説が読者に欲求不満を残すというのは、結論を出さないからでしょうね。結論を出すと読者は満足すると分っているんだが、それでは作り物になってしまうので、真面目に取り組もうとすると、自然にああいう形にならざるを得ない」

一九八二年（昭和五七）の一一月から地方紙に連載した「女ともだち」でもストーリーには欲を見せていない。タイトルからわかるように戦争小説ではない。

主人公は会社を定年で退職した独身男。妻と死別しており、離婚を経験した同年輩の女と友人付き合いをしている。女の姪である女子大生を家に預かるところから、話が始まる。ただ決定的なことは起こらない。

八月、『旅』に七泊八日で中国の丹東（旧安東）に出かけたときの見聞を寄せた。新義州にいた頃には対岸の身近な「外国」であった。
丹東が中国の非解放地であった時期のことで、対岸の故郷、新義州には入るべくもなかったが、丹東における最終日、鴨緑江の遊覧船に乗ることができた。往時の税関の建物が残っていることを確認した。

私の生家などは、影も形もなくなっているのであろうと想像されるのであった。
もし、それを見るために、八日のうち一時間しか自由時間は与えないが、そして団費は四十万円だが、それでも行くか、といわれたら……私は行くだろうか。やはり、行くだろうな。

（「ふる里は遠くにありて… わが満洲感傷旅行」）

新義州を思い出すことは、戦地と同じく、死ぬまで続くものであった。どんなに短い時間でも訪ねたかったのである。

＊　＊　＊

私小説で書く戦争

一九八三年（昭和五八）、『断作戦』に続く戦争小説を書くべく執筆の準備に入った。

『断作戦』は三人称の戦記風に仕上げたが、今度は自分の体験を交えて書きたかった。八月、東北へ元将兵を訪ねる取材に出た。例によって移動は自分で運転する車である。龍陵で戦った第二師団隷下の歩兵第二九聯隊の元兵士に話を聞いた。

戦場での詳細を顧みるのだがわからない、覚えていない――そんな言葉に接する取材であった。取材相手を前に、自分もそうだと思い、「日が重なったり、場所が重なったりしているでしょうね。私もそうですよ」と言葉をかけた。

「ん、だね、忘れたな、もう」

作品中にそんなやりとりを書くことになる。

前回の九州の元兵士が饒舌であったのに比して、彼らには寡黙な印象を抱いた。「東北の元兵士を書く」と標榜してはみたものの、「東北人、特に農家の人を書くのはひどく難しいことのように感じられて来る」(「取材旅行」)

自信を失い、不安も抱いた。だが「小説は、不安な課題に立ち向かうことで作られる」(同)と自分を鼓舞した。

＊　＊　＊

自分も歩いた戦地のことを書くにあたり、古山には企みがあった。

私小説的に書くのである。

迷いながら自分をさらけ出せば、「読者が入り込みやすい」と考えた。戦争小説の先人である大岡昇平は『野火』『俘虜記』『レイテ戦記』と、完璧な世界を構築した。

古山は「破れ目」を敢えてこしらえた。読者がともに考えてくれると期待してのことであった。自分の兵士としての経験を織り込む。それが他人の経験とも重なるはずだと、あるいは思っていたかもしれない。

私小説で書く戦争も、数多くいた兵士の誰かのものになるのである。

別の角度から言えば、彼にとって戦争小説は、読者の顔が見やすかったに違いない。自分に話を聞かせてくれた人々を思い描けばよいのだから――

＊　＊　＊

『文學界』（一九八三年一一月号）で「龍陵会戦」の連載が始まった。冒頭は死者の列挙である。物語の起伏も派手な戦闘も期待させない書き出しであった。

「戸石泰一が死んで、もうまる五年になる。戸石が死んで一年ほどたって、吉田満さんが死んだ」

同じ部隊の戦友の名前も書いて宣言した。

「みんなここでは戦友と呼ぶことにする」

戸石が幹候の試験に合格して将校の道を歩んで以降、彼とは起居をともにしていない。吉田満は、東京帝国大学在学中に海軍に応召しているから、軍隊時代に知り合ったわけではない。

それでも二人を「戦友」と書いた。

古山にとって、戦争を経験し、交わった者はみな戦友と呼べる重い存在であった。

架空の人物が登場することのない、すべて実名で書く作品となった。龍陵の戦いの関係者に取材する過程を書いた。合間には自らの戦場体験も書いた。応召、歩兵第四聯隊での新兵教育、幹候試験落第、フィリピンに始まる外地での経験、自分も一端に加わった龍陵の戦いを、元将兵の語りと手記に材を取って書いた。朝鮮のこと、両親のことも書いた。

戦争中は恥ずべきことを恥じない同胞を密かに恥じていたが、成熟が彼を変えていた。「そういう同胞を非難するのではなく、自分と同じく欠陥の多い人間として、自分と同じ場所に置いて見直してみなければならない」（『龍陵会戦』）

戦争から「離れることができない」自分のことを思い、戦友の存在や死を思った。

連載は開始から約二年、続いた。終わりには妻明子の癌と手術に触れた。戦友や親しい友人が死に、連れ添ってきた――別居はしているが――妻が病む。「避けようのない死に向かって、残りの少なくなった歳月を過ごすしかなさそうだ」（同）との思いを深めた。

連載終了後から、もう一作を書いて「三部作」にすると思いを定めた。完成後のエッセイ「私の三部作」（『文學界』一九八五年六月号）で三作目について触れた。

第三部では、菊を書くわけだが、構想はまだ、全然、考えていない。これから、半年か一年がかりで取材にも出かけたうえで、どんなものにするか考えてみたいと思っている。

「菊」とは久留米編成の第一八師団のことである。彼らは北ビルマのフーコン、少数民族カチン族の言葉で「死の谷」を意味する地で、苛烈な戦闘に従った。

「パート3を書き終えるまでは、キリがつかないような思いだ。なんとか書いてみようと思っている」(同)

だが三作目の完成はここから一五年近くを要することになる。

書けない時期とエッセイ

『断作戦』『龍陵会戦』と順調に書いた。だが一九八七年(昭和六二)から一九九七年(平成九)の間は長編を発表する機会がなかった。

自筆年譜(講談社文芸文庫『プレオー8の夜明け』所収)の一九八七年の項――

長編「友よ」(仮題)の執筆を企画するが、進捗はかばかしくなし。「龍陵会戦」に続く長編戦争小説連載開始のメドも立たず、このころはエッセイを書くことが多かった。

年譜に書いた長編「友よ」とは、「断作戦」を構想している頃に、文藝春秋の高橋一清に語った、古山なりの「悪い仲間」であったかもしれない。

あるいは「悪い仲間」の一人で、童話作家を志しながら、応召してフィリピンで戦死した倉田博光のことであったかもしれない。倉田が同棲していた玉の井の娼婦とは、小説家となってから再会し、古山は彼女の住まいを訪ねるなどして付き合いを続けていたのである。

一九九〇年（平成二）に『小説宝石』（一九九〇年二月号）に寄せたエッセイ「〝非国民〟時代の友人たち」では、「悪い仲間」のことを「もう、十年も十五年も、書こうと思いながら書けないでいる」と告白している。

＊　＊　＊

古山のエッセイを小沢書店で作品集に編んできた柳澤通博が振り返る。

「あの人はどちらかというと名前が出ないとダメな人だったんですよ。ちょっとミーハーなところがあって、「名をなしてなんぼ」というところがある……」

柳澤は『季刊藝術』に梅崎春生論を寄稿して以来、古山との関係が生じていた。柳澤からすると古山は父親ほどに年齢が離れた存在だったが、ゴルフや競馬が共通する趣味で親しみを感じていた。

古山は柳澤に、エッセイの切り抜きを収めた膨大な量のスクラップブックを渡していた。結果的に柳澤が編集を手がけたエッセイ集は合計四冊になった。

安岡章太郎らとの交際など、青春時代を振り返る作品を採録した『一つ釜の飯』（一九八四年）、私娼窟・玉の井に通った時期を綴ったエッセイを核とした『わたしの濹東綺譚』（一九八九年）、交際した作家たちの追悼文の類を主に編んだ『袖すりあうも』（一九九三年）、念願の雲南・新義州再訪のことを書いた作品を収めた『旅にしあれば』（一九九四年）である。

柳澤が、エッセイストとしての古山を評価する仕事が「久米宏「陰間」論」である。古山は一九八九年（平成元）の『新潮45』六月号で、ニュース司会者として名前を売った久米宏を批判した。

久米氏の言い方は、軽口風で直截な言い方、と言うより、陰間がシナをつくりながら、口先だけでペラペラとしゃべりまくっているようなものであった。政治や社会についてのしっかりした見識、などもとよりない。

陰間とは「宴席に侍り、男色を売る少年」（『大辞林』）である。最大級の侮蔑と言ってもよい。これが物議を醸し、週刊誌ネタにもなり、久米宏を支持していた家族からは不評を買った。柳澤は振り返る。

「ああいうのを書けるのが古山さんのすごいところ。ただ、時事批評なんて、もう書くことがない証拠なんだよね。（小説家として）苦しいぎりぎりのところでやっているんだよ、書くことをやめてしまうと、物書きとして認められなくなってしまうから——」

年譜に載せなかった作品

なぜ長編戦争小説の三作目の舞台を北ビルマのフーコンに求めたのか。古山自身はフーコンに行っていない。『断作戦』のときのように、自分が参加した作戦というわけでもない。

のちに『文學界』（二〇〇一年七月号）のインタビューで語っている。

　同じ久留米編成でフーコン地区へ行った菊兵団（第十八師団）の人が「同じ久留米の師団だから、龍だけでなく、自分たちのことも書いてくれ」と言うから、じゃあ三部作にしようと構想を立てたんです。（「戦争が小説になる時」聞き手　川本三郎『文學界』二〇〇一年七月号）

『断作戦』で第五六師団（龍）を書いたが、取材を通じて第一八師団（菊）の将兵に知人が増え、いつの間にか龍の兄弟師団である菊について書く気になったというのである。

『断作戦』を発表後、戦友たちから「あなたは「勇」の兵隊だったのだから」と言われ、『龍陵会戦』を書いたのと同じように、「頼まれて」という。韜晦《とうかい》ともとれる言い方である。

　龍と菊のことを書いた作品が、それまでに皆無だったわけではない。

　二つの師団の戦いを描いた『菊と龍』（相良俊輔・光人社）は、一九七二年（昭和四七）に刊行されている。同書の終わりで著者の相良俊輔は書く。

「インパール作戦は、高木俊朗氏をはじめ、多くの作家によって描かれているが、『菊』『龍』（の戦った雲南・フーコン）は、いまだに手をつけられていない」

　相良によれば、芥川賞作家の火野葦平はインパール作戦に記者として従軍後、同作戦が失敗に終わるやフーコンに移動した。菊の司令部を訪ね、作戦参謀にこう語ったという。「両兵団のこの悲壮な戦いを、いつの日にか書かねばならない。それは日本人の魂の記録でもあるのだ」

だが火野は一九六〇年（昭和三五）、フーコンを書かずに死んだ。

＊　＊　＊

フーコンはビルマ最北部カチン州に広がる。南北一六〇キロ、東西二〇キロから八〇キロの大平原で、野生のゾウが歩き、毒虫がいる。山蛭が巻脚絆の隙間から入り込んで血を吸う。五〇メートル歩くと五〇匹は吸いつくという。まさに悪疫瘴癘《あくえきしようれい》の土地柄であった。

フーコンに殺到した中国軍（新編第一軍）は、重慶の国民党軍がインドでアメリカ式に訓練されたもので、戦史叢書『インパール作戦――ビルマの防衛』に引用された第一八師団（菊）の田中新一師団長（中将）の言を借りれば、「マレー作戦やビルマ攻略作戦で戦ってきた敵とは違い、米式装備と特殊の訓練を受けた精強な中国軍であることを忘れてはならぬ」という難敵であった。

この中国軍と戦った第一八師団（菊）を書くのが古山の企図であった。

青山の仕事場の壁には、ビルマの地図を掲げた。公刊戦史「戦史叢書」の附録からとった「ビルマ素図」、第一八師団の元歩兵将校で、何度も手紙を行き来させる間柄となった井上咸《はやし》から提供を受けた「フーコン作戦行動要図」など、原稿が書けなくても眺めていた。

九州の人からもらった「夜香木」をベランダに置き、夏の夜に開花して甘く匂うのをかいだ。夜香木はビルマでかいだ記憶があった。『断作戦』の取材で九州を訪れたとき、再会したのであった。

＊　＊　＊

『小説宝石』（一九八九年八月号）に古山はフーコンが舞台の短編「夜光葉《やこうよう》を背につけて」を発表した。『文學界』における「フーコン戦記」の連載開始に先立つこと九年。

「夜光葉を背につけて」は、「裸の群」と同じく、自ら文学と考えるものに達していなかったからなのか、書籍に未収録の作品まで細かに拾った自筆年譜にも記載されないことになる作品であった。

作品ではフーコンを逃げるように南下する兵士、「俺」が語る。「俺」と長年の友である「廉也」は入隊前からの友人同士で、第一八師団（菊）の兵士である。夜光葉とは、夜になると光を発するある種の葉のことで、敗走の道行きで互いにはぐれないよう目印に背嚢に付けていた。

二人が敵中をさまよう点は、小説デビュー作「墓地で」の「私」と「長助」の関係に似る。「墓地で」の二人組が離れることはなかったが、「夜光葉を背につけて」では、主人公と相棒の廉也《れんや》――インパール作戦を主導した牟田口廉也中将からとったことは明白で、牟田口は開戦当初、第一八師団長だった――がはぐれる。デビュー作の構図を使いつつ、二人を引き離した点は、古山がフーコンを描くにあたり、自分の体験によって書く姿勢から意識的に抜け出ようとした痕跡のようにも読める。

ジャングルにあって「俺」は内地で情を交わした女の乳房や股間をときおり思い出したりする。「今は、そんなことをぐじぐじと思い出している場合ではない」と言うほどに「ぐじぐじ」している。

「撃たれる前に撃ち殺す」と「戦場で生きのびるための鉄則」を語ることはする。自分が敵兵を撃った際の記憶を語りもする。

だが古山の戦争小説らしく、派手に撃ち合う場面はない。兵士が戦友の死に慟哭したり、将校が立派な訓示を垂れてから突撃の先頭に立ったりするような場面もない。

要するに戦争小説としては、捉えどころがない。

作品は瀕死の戦傷兵を見ながら、南へと逃れるため「筑紫峠」を登って行くところで終わる。

「フーコン戦記」もこの「夜光葉を背につけて」と同じく、「筑紫峠」で終えることになる。

「フーコン戦記」では、入隊以来の友人同士の元兵士が登場する。彼らも「夜光葉を背につけて」の二人と同じく、つかず離れずの不思議な関係を維持する――この短い作品はいずれ書く長編の先駆けといえるものであった。

五年後には、『文學界』（一九九四年三月号）に「思うだけ」を発表した。作中で、「フーコンを扱った小説を書かなきゃ、と思う」と書いた。彼は仕事場に貼ったビルマやフーコンの地図を見て、その思いを新たにする。だが誰かに会いたい、どこかへ行きたいといった願望も「思うだけ」に終わる――

もちろん何もしないわけではなく、取材はしていた。九州を訪ね、フーコンで戦った人々の話を聞いていた。

取材で九州入りしたときには、小倉から電車を乗り継いで一時間ほどの中津市に住まう弟子の太佐順を訪れることもあった。一九九三年（平成五）一〇月には、サザエを二〇個ほども持って太佐宅に来た。太佐は古山を、「兵隊三部作」を持つ火野葦平ゆかりの地や、思い出の門司に連れて行くなどした。

火野葦平の文学碑まで案内しようという太佐に、古山は言った。

「文学碑ならいいや、本人はいないから」

再びの雲南と新義州への思い

一九九〇年（平成二）一〇月二〇日、成田空港を発って香港経由で昆明に入った。

雲南で戦った部隊の関係者による六泊七日の訪問に加わっての旅で、主催者に特別に頼み込んだ結果であった。顛末は『別冊文藝春秋』（一九九一年一月号）に「兵隊蟻の雲南再訪」と題して寄せた。

訪ねた先の芒市では、かつて敵機に機銃掃射を受けた際に飛び込んだ穴を探してみた。求めようもないことであったが、盆地を囲む山地の姿に「そうだ、こんなふうだったのだ」と思った。思い出の滇緬公路《てんめんこうろ》をマイクロバスで走った。戦場で運を痛感した放馬橋（殺人峠）――自分より先に飛び出した兵隊が迫撃砲を受けて死んだ――を眺めたかった。だが見えなかった。

初めて第二師団長岡崎清三郎中将を見た雲龍寺にも登った。同行者が口にする雲南の地名のすべてに感慨を催した。壕のあとに、自分が掘ったものかもしれないとの思いを持った。自ら歩いた戦地、龍陵にはごく短い時間しか滞在しなかったが、念願が叶った。

戦地と同じように、故郷再訪への思いにも長く囚われていた。昭和五〇年代に出演したNHKの番組「昭和回顧録　鴨緑江の冬～昭和初年～」では、郷愁を込めて自分たちの心を語った。

われわれ二世は特に故郷がないわけで、向こうで生まれて向こうはもう幻の故郷になっています。日本に帰ったら親の故郷はあっても自分が育った場所じゃありませんからね。

＊　＊　＊

番組中ではこの時期に新義州入りの申請を出していることを明かしている。

そして一九九二年（平成四）九月、六泊七日の新義州旅行に参加することになった。ただし新義州滞在は約二時間の予定である。

北京経由、対岸の丹東（旧安東）から新義州に入る旅程で、企画は数年前から始まっていた。新義州公立中学（義中）の同窓会（義中会）が朝鮮総連を通じ、新義州の人民委員会に訪問の許可を求めていたのである。

古山より一つ上の期にあたる門脇椿峨《ながたか》の手記「新義州を訪ねる旅」（「義中会誌」第十九号）によれば、人民委員会は長く日本人の訪問を拒んでいた。新義州は外国人の訪問を許さない非解放地だからだが、その年の二月、北朝鮮側から丹東経由で新義州に入り、平壌行きの列車に乗り換える時間に限って、新義州での下車を許可すると提示があった。

「バスの外に出ることはできないかも知れないが、二時間だけは車窓から町を見ることができるという話を、私はなかば疑いながら期待した」（「新義州紀行」）

九月七日に参加者三八名の一行は、成田空港から出国し、北京経由で丹東に入った。

義中で古山の後輩にあたる太田房太郎が撮影・編集した記録ビデオ「幻の故郷を訪ねて 義中会 新義州紀行」には、丹東で遊覧船に乗り、旧王子製紙の煙突や税関の建物など、手の届きそうな距離で新義州と対面した様子が撮影されている。

新義州に入る日の朝、丹東側の税関でパスポートチェックを受ける前、古山はニコニコと温顔を見せた。「古山さまっ」と呼ばれると、「はい」と応じた。新義州に入れるか入れないか、賭けだと思っていたが、とりあえず行けることになった。

ガタガタと揺れるバスで「中朝友誼橋」と名づけられた、一九四三年（昭和一八）竣工の橋を渡る。「新義州に入ったな」と車内で声が上がった。

新義州の税関到着は午前一〇時になっていた。税関には金日成の肖像画があった。門脇の記述に従えば「新義州に中国人以外の外国人が入るのは初めて」だった。

バスは一五分ほど新義州のなかを走って一行に町を見せた。郵便局や国境守備隊の兵舎など、昔日の建物が残っていた。

新義州駅はかつてのレンガづくりではなく、白いビルが駅舎であった。

新義州滞在は二時間から大幅に短くなり、二五分に限られた。古山は旧友と自分たちの家を探そうとしていたが、結局駅前からわずかに町に入った程度に終わってしまった。旅のことは「新義州紀行」として読売新聞へ三回に分けて寄稿した。満たされない旅ではあったが、書き続ける力にはなっていた。

＊　＊　＊

北朝鮮再訪は一九九五年（平成七）。心臓の故障を抱えながら「望郷・新義州への旅」と銘打たれたツアーに参加したのである。

「欺瞞と屈辱の旅——望郷・新義州への旅」（門脇椿峨「義中会誌」第二十二号）によれば、旅行は義中OBの一人が、朝鮮総連傘下の中外旅行社と折衝を重ねて実現した。

事前の説明では、新義州市内をバスで一巡する。単独行動は不可能であるものの、グループ単位で歩けるという。宿泊し、夕食は市内のレストランでとるというのである。街灯が少ないため、懐中電灯を用意せよとのことで、翌日も平壌に列車で発つまでは、再びグループでの散策が可能になる。

五泊六日の旅程で費用は二三万三〇〇〇円。決して安いわけではない。古山と数名は新義州訪問を二度試みようと、一二泊一三日の予定であった。

料金について中外旅行社の営業部長は旅行の説明会でこう言ったという。

「観光収入は、朝鮮の大きな財源なのです。高いことは分かっていますが、どうかそこのところをご理解下さい」

四月二〇日、成田空港から上海・虹口空港経由、新義州の対岸、丹東に入った。一行は古山を含む三三名。丹東では再び鴨緑江の遊覧船に乗った。船から一瞬、平安北道庁が見えると、一行は歓声をあげた。旧王子製紙の煙突も望見された。

二泊後、丹東を出る。鴨緑江の鉄橋をものの数分で渡りきると新義州である。乗り換えたバスは新義州駅に直行。パスポートは取り上げられ、待機していた列車に乗らされた。

「ある事件が起きたために新義州に降りられなくなった」という説明が旅行社からなされると、ツアー参加者の中には嗚咽を漏らす者がいた。

古山が帰国後、『諸君!』に寄せたエッセイ「北朝鮮を訪ねた」では、乗車後、厳しい税関検査が行われ、二時間を要したことが記されている。

平壌までの車中、前回とは異なり、窓外に流れる景色を撮影するのも不可とされた。

列車で平壌に出ると、三泊した。市内観光を北朝鮮側から勧められたが、古山は「前に見たから見たくない」(同)と言って断った。

古山ら三人は、五泊六日で帰国するツアー一行を平壌空港で見送ったのち、四月三〇日に日帰りで平壌と新義州を往復することになった。事前に植民地時代の新義州の地図を広げ、同行者たちと町のどこを回るか入念に検討した。

当日、午前中に平壌をワゴン車で出発した。

「にせ故郷に突撃!」と心中に叫んでいた。

新義州に入る前の検問所で時間を要した。検問所の雰囲気は物々しかった。国民には旅行や移住の自由はなく、どこかへ行くには役所の発行する許可証がいるらしかった。

新義州に入るとホテルのロビーで待たされた。

ガイドは再び車に乗ってくださいと言い、来た道を引き返し始めた。後日のエッセイ「北朝鮮を訪ねた」によれば、「なんだ、これは、どういうことだ」と古山は聞いた。

ガイドは自分の立場を考えてくれと懇願してきた。

入ってはいけない町に日本人を入れれば、自分が処罰されるかもしれないという。

古山は食い下がった。

「立場を考えろ、って、このまま引き返すっていうの」

「はい」

「だめだよ、それは」

私も必死であった。

「このまま、引き返すなんて納得できないよ。とにかくUターンして、町に入りなさい」

と私は言った。　（同）

ワゴン車から新義州を眺めた時間は約一〇分。そのために二〇〇キロの道のりを来たのである。念願だった「道庁通り」を走ったが、植民地時代の建物はほとんどなかった。

古山は生家のあった場所に行きたかった。

だが生家のあたりでは「白い二階建と白い平屋」を見るのみであった。何もなかった。柳の木もアカシアの木もなかった。

エッセイ「北朝鮮を訪ねた」には、自省を交えて書いた。

命令に従わざるを得ないガイドに新義州入りを強く求めて、辛い思いをさせたというのである。

　それにしても、この旅は何なのだ、私がしていることは何なのだ、これが私の我というやつか、我は叩かれ潰されても仕方がない、こうして私は我を通し、叩かれたわけだ、と思った。
（同）

だが書くことにはつなげていた。さらに『文學界』には「にせ故郷」と題した小品を寄せた。にせものであれ故郷は懐かしく、戦争と同じく書くべきものであった。

フーコン取材が実現

仕事場の乱雑ぶりは、編集者の間でよく知られていた。「足の踏み場もない」という形容がふさわしかった。

『すばる』（一九九五年五月号）では、連載「作家の index」で紹介され、「これほどまでの部屋があったろうか。恐らく他の追随を許さぬであろう」と書かれた。

記事は「地震があったらひとたまりもなさそうな本の山だが、あの戦争でも何とか生き残ったのだから気にしない」としていた。それほどになっていた。

写真を見ると、窓辺近くにベッドが置かれ、その上に紙が積まれている。床も似たような状態で、雑貨も置かれている。フランス製の水筒があることに「僕は水コンプレックスでして」と語り、戦場で水筒が水で満たされていると「豊かな気分」になれたことを明かした。

段ボール箱が転がる部屋の壁紙は煙草のために真っ黄色。

ベランダではビルマの夜香木が防寒のためにビニール袋をかぶせられている。

春先の撮影だったのであろう、古山は青いジャケットを着て、室内でパターを振るポーズをとっている。机の上の原稿を書くスペースはごく小さい。

目を引くのは壁に貼られたタイ、ビルマ、雲南あたりの地図である。『断作戦』『龍陵会戦』に続けてフーコンの戦いを書こうと難渋していた時期なのだった。

＊　＊　＊

フーコンに行きたかった。三作目を書くと公言してから一〇数年が経過していた。

フーコン取材の希望は文藝春秋の担当者に伝えてあった。だがミャンマー（ビルマ）は軍事政権の国になっていた。一九八八年（昭和六三）、民主化運動を弾圧するビルマ国軍は国家法秩序回復評議会を結成して軍政を開始した。以後、軍事政権の有り様は、国民民主連盟（ＮＬＤ）書記長アウン・サン・スー・チーの姿とともに国際社会でも知られるようになる。翌年には国名がビルマからミャンマーに変わっている。

訪ねたい地域は外国人が自由に立ち入れない非解放地域でもある。頻繁に戦闘が行われるわけでもないが、ゲリラが潜み、まったく安全が保証されているわけでもない。

取材は若手の女性編集者、安藤泉が担当になってから実現した。

安藤は『オール讀物』『マルコポーロ』などを経て『文學界』に移った。

安藤によれば、前任でのちの直木賞作家、白石一文が古山の意を受けて、日本の政界筋に働きかけていたらしい。古山はすでに書く気持ちでいたし、一九九七年（平成一〇）六月には『文學界』で「フーコン戦記」の連載を開始している。

「思うだけ」の状態は脱していたが、とにかく現地に行きたい。

古山は文藝春秋での最初の打ち合わせで、担当の安藤に希望を伝えた。

「行っていないところの話は書けない、作家っていうのはそういうものなんだ。そこに立って、戦闘の行われた場所に立って、そこの空気を吸うことが必要なんだ」

フーコンの萱《かや》の話をした。萱で体が切れる。傷口から菌が入り、衰弱するという。そういうことは実物を見ないと書けない。どういう萱なのか――そういうことを何度も言った。

安藤が正攻法で東京のミャンマー大使館に電話をかけると道が開けた。対応した駐日大使がとにかく古山を連れて一度大使館に来てほしいと言った。大使館に出向いて古山の経歴や作品を紹介すると、拍子抜けするくらい簡単に「いいですよ」となった。実にあっさりしたものであった。

行けるならとすぐ行くことになった。取材の費用は『文學界』が持った。

古山は念願が叶ってのビルマ行きに興奮していた。妻明子の死後に書いた「物皆物申し候」によれば、こう言われた。

「好きなビルマに行ってひっくり返ったら、あなたは本望でしょうね」

古山は応じた。

「ああ、本望だ」

取材旅行の準備段階で、文藝春秋で一貫して古山の本をつくってきた編集者の萬玉邦夫が安藤に言った。

「(古山は)あともう一回発作が来たら危ないらしいよ。奥さんがビルマ行きをすごく心配しているようなんだ」

安藤は初めて心筋梗塞のことを聞いた。古山は一九九五年、ゴルフ中に痛みを覚えて入院もしている。

「でも」と萬玉が言った。「古山さんはね、ビルマで死ねれば本望だから」

古山の本望であろうが、同行する編集者としてはたまらない。第一、何かあったら家族に済まないではないか――

安藤がミャンマー大使に相談すると、訪問地の近くにある病院をいくつか教えてくれた。要路上には軍の病院があるという。

「万一の場合はここへ」と各所で病院を定めておいた。

現地での移動手段などの手配は、大使館から紹介された会社に依頼した。

手を尽くしたのち、安藤は妻明子に電話を入れた。「よろしくお願いします」と明子は言ったが、心配している様子であった。

古山自身は張り切っていた。孫ほども離れた若い女性編集者の同行を得たことは、自慢できることであった。

どす黒いクマをつくっても「まだ帰りたくない」

一九九八年四月三日、日本を出発して同日夕方にヤンゴン（旧ラングーン）に入った。ヤンゴンのホテルでは停電があった。雨季入りはしていないようであるが、雷雲がやってきて激しい雨を降らせ、窓を叩いた。翌朝は「セレ」というビルマ煙草を買いに市場へ行った。ちまきのように葉で巻いてあり、喉ががらがらになるような強い煙草である。市場には束で売っていた。「吸いたい」と前から言っていたから、到着後、第一に買い求めたのである。それを旅行中、古山はひっきりなしに吸うことになる。

ヤンゴンを発つにあたり、水の悪さを考え、ペットボトル入りの水を箱で大量に買った。日本語を話すガイドの青年が「センセ、センセ」と言って世話を焼こうとした。

古都マンダレーまでは寝台列車で一泊しての移動であった。

列車はのろく、田舎の駅を出発すると犬がかなりの間、追いかけてこれるほどであった。

食堂車が連結されており、厨房の火は炭に頼っていた。出された食事を安藤泉は何であれ、「おいしい、おいしい」と喜んで食べた。土地のものを素直に食べたい古山にとって、好ましい同行者であった。

マンダレーは酷暑に包まれていた。ホテルは冷房が効いていたが、外に出るとむっとした。一泊して翌日再び列車に乗り、フーコンの入口モガウンを目指した。
＊　＊　＊

モガウンの宿はベッドだけがあった。一泊後、チャーターした四輪駆動車でタナイに向かった。運転手と軍の下士官（「私のフーコン旅行記」ではA軍曹と書かれる）と二人のミャンマー人が加わった。非解放地域には、軍人の同行が不可欠だった。

日産のピックアップトラックで、古山は助手席に座った。

口数も多く意気軒昂。荷物を持とうとするガイドにも「介添え無用」といった風であった。モガウンを朝七時に出発して走り続けた。赤土の未舗装路は凹凸が激しかった。車はジャンプするようでもあり、バウンドするようでもあり、ずっとトランポリンをやっている感じになった。軍人を帯同していることでゲートを難なく通過できた。全面的な協力があるようであった。

難路続きの移動で古山は無口になった。

土地の店で昼食をとるとき、古山は「食べたくない」と断った。油で炒めたものが多く、口にすることができなかった。

代わりに安藤が持参してきたカロリーメイトとウィダーインゼリーをとった。以後、ヤンゴンに戻るまで、この二つが食事代わりになった。

ジャンブーキンタンを経由してタナイに達したのは、モガウンを出発してから一〇時間後の夕方五時。走り続けた一日で古山が疲労していることは、傍目に明らかであった。

宿泊先は運転手の親戚の家を借りた。

翌朝タナイから目指すのはマインカンである。タナイもマインカンもフーコンの戦いの最深部と言ってよい。日本軍はタナイで約一カ月持久の戦いを強いられたのち、マインカンに退却したのだった。移動手段はよじ登るようにして乗るトラクターで、朝八時半過ぎに出発し、川を二つ渡って約三時間。この頃から古山は足元がおぼつかなくなった。ガイドは近くに「日本軍の戦車」があると誘った。だがゾウに乗らなければ行けない。

少し歩くと古山は転んだ。赤土は滑るのであった。服は泥だらけになった。周囲の手助けで地面に寝転んだ。以後、ガイドのミャンマー人青年の助けも素直に受けるようにした。

安藤は「とにかく写真を撮ってきます」と言ってガイドと三時間ほど森の中をゾウで行き、朽ちたような戦車の写真を撮って引き返してきた。

待っている間、古山の近くを大きなヘビが通って去った。

日帰りでまた出発地のタナイに戻った。到着は午後六時を過ぎており、ほぼ半日を費やしての移動であった。翌日は再びカマインに向かった。カマインからラガチャン、セトンと回った。第一八師団（菊）の将兵がフーコンを潰走《かいそう》するときに通った「伐開路」の痕跡を見るためであった。伐開路とはジャングルを切り開いて人が通れるようにつくった細い道で、その先を「筑紫峠」と呼んだ。

第一八師団は九州の部隊だから、そう名づけた。多くの将兵が力尽きてこの道で死んだ。

モガウンまで戻ると取材は完了であった。宿でビールを飲んで一行は祝った。

フーコン訪問を通じて取材らしい取材はしなかった。公言していた通り、ただ景色を眺め、空気を吸っていた。

訪れる町では、安藤が市場で花を買った。日本軍ゆかりの訪問地で献《ささ》げるのである。自分では慰霊団のように献花するつもりもなかった。広島に原爆を落とした飛行機が広島に墜落したとして、戦後、アメリカの軍人たちが来て、人の家の庭で慰霊祭をさせろと言ったらどうなのか――そんな想像を働かせてのことである。

だが今回は違った。

安藤の回想。

「（献花は）ミャンマーの人が当然だと思っていて、必ず市場の花売り場に寄ってくださるんですね。あたりまえのことのように花を買って供えるということを繰り返しました」

＊　＊　＊

モガウンを翌日に出た。ミートキーナ（現ミッチーナ）に赴き、一泊した。

古山が敬愛の念を抱く水上源蔵少将が自決した地である。水上はミートキーナの守備隊長を務めた。

ミートキーナでは旅行会社の手配で民家に宿泊できた。一行に供された料理はすべてその家の人々がつくったということで、鹿の肉や山菜などが出た。古山は相変わらずゼリー飲料で済ませていて、馳走も口にしなかった。

ミートキーナからミャンマー航空の飛行機でヤンゴンに戻った。ようやく普通のホテルに投宿した。インヤー湖に近いホテルで、二二年前のビルマ訪問時にも泊まったところであった。

古山の心残りはナンヤゼイクに行けなかったことである。そこでもまた日本軍が苦戦していた。年齢を考えれば再びミャンマーを訪問できそうにない。

「まだ帰りたくない、行きたいところがある」と古山は安藤に言った。

だが古山の目の下にはどす黒くクマができていた。気持ちとは裏腹に転んだりする。意欲と体力が釣り合わない。疲労の蓄積は明らかであった。

「ダメです。「この日程で」って最初からの約束でしたし、これ以上はご家族が納得しないですよ」と語気を強めて安藤が返事をした。「とにかく絶対帰ります」

古山は「ああ」と承諾してあとは黙った。

表情は安藤の目に悲しげに見えた。

心残りのある古山に安藤が言った。「疲れをとりましょう」

四月一二日、日本に戻る飛行機に乗った。荷物の中には妻への土産に買ったスカートが入っていた。

「語り継ぐ」を超えて

取材後、安藤は逐一とっていたノートのコピーを渡した。移動の日程や訪問地のことなどを書き込んでいた。

古山は「フーコン戦記」を書き継いだ。「フーコン戦記」の主人公、村山辰平はフーコンで戦った第一八師団（菊）の歩兵第五五聯隊（大村編成）の元兵士である。

フーコンから退がって、最後の戦闘についたビルマ・シッタン河畔の戦いで撃たれ、左腕の肘から先を失っている。妻には先立たれ、ときどき一人娘の世話になりながら、大村でやもめ暮らしをしている——

彼のところに戦友の戸之倉晋から電話があり、「東京から何やらいう小説家が来て、傷痍軍人の話を聞きたいと言っているので、会って話してやってくれないか」と言われるところから、小説は始まる。戸之倉とは入隊以来の付き合いで、いわば戦友である。

フーコンを扱った短編「夜光葉を背につけて」と似た設定である。辰平は、戸之倉の電話をきっかけに、フーコンのことや戦後のことを止めどなく思い出し始める。そして自分が男に生まれ、本籍地が長崎であったために歩兵第五五聯隊に入隊し、フーコンへ送られ、玉音放送の少し前に撃たれ、しかし死なずに還《かえ》れたことを、「すべて運」と思い、戦争の不確かな記憶を辿る。戦った土地やそれがいつであったのか、思い出そうにも、不確かなことしか出てこない。

＊　＊　＊

「フーコン戦記」は、戦中派世代と戦後生まれの断絶も考える作品となった。

前作『龍陵会戦』ですでに書いていた。

「断作戦」にしろ、本書にしろ、それを註なしで読んでもらえる世代の者がどんどん減って行く。しかし、どうしようもないことである。　　　　　（『龍陵会戦』）

世代間の断絶を考えようとしてか、「フーコン戦記」では、主人公の娘に加えて孫を登場させた。

古山自身のことで言えば、娘の千佳子は初期の短編「プレオー8の夜明け」「蟻の自由」を読んだ程度で、長編になると、「何々聯隊とか出てくるともうわからなくて、通して読んだことはありません」という断絶に生きていた。

戦中派世代が、子や孫に戦地での悲惨な経験を話せば、「自慢みたいだ」と言われてしまう。ただ誰かに聞いてもらいたいというだけなのに——

「平和のために」

「戦争の悲惨さを語り継ごう」

錦の御旗を立てて、語り部になる者もいる。すると余計に自慢めいて受け取られたりする。

古山は小説家である。書くということは、饒舌《じょうぜつ》に語ることである。「どうしようもないこと」でありながら、断絶を考えずにはいられなかったし、だから主人公の辰平にも娘や孫との埋めがたい距離を語らせた。

衰える性欲についても考えたかった。辰平は、結婚してすぐに夫が出征し、フーコンで戦死したという女性、中川文江と付き合う。付き合うといっても、辰平の片思いで、二人はフーコンのことを語る名目でたまに会っているに過ぎない。だが辰平は、性のことも想像する。不能にもかかわらず、である。

「フーコン戦記」を書き終えた頃に、弟子の太佐順と交わした会話が示唆的である。太佐が書き継いでいる『昭和文学放浪記』によれば、あるとき二人は駅の便所でともに用を足した。古山がこぼした。

「年をとると、皆、前立腺が悪くなるんだよ」

便所を出てともに電車に乗ると、太佐は「先生。女のことですがね」と聞いたという。

「うむ。関心が衰えることはないが、淡いものだな」と古山は応じた。

「フーコン戦記」の『文學界』での連載は、一九九九年（平成一一）三月号で終わった。

取材に同行した安藤泉の回想。

「行ったこともないところを舞台に主人公を動かすことはできないですよね。だからそこに立って空気を吸えただけでも先生にとって大きなことだったのだと、帰ってきて気づきました。人生の最後にどうしてもやりたいことだというくらいに思い詰めていらしたんだな、と思いました。繰り返し「行けてよかった」と言ってくださったので——」

＊　＊　＊

「フーコン戦記」に取り組んでいた頃（太佐順氏提供）

完結後、ノンフィクション作家の保阪正康と対談した（『文學界』一九九九年六月号「戦争は悲惨なだけじゃない」）。

インパールよりフーコンを連合軍は重視していたし、雲南の戦闘と同じく「ろくに伝わっていない」ことが執筆の動機にあったことを語った。対談は、「三部作」の全体を振り返り、戦争を書く意識を語るものにもなった。

私が言いたかったことの一つは、普通の人間のことです。戦争に行ってとち狂って変なことをしたとしても普通の人間ですよね。帰ってきて後遺症が残る人、自殺してしまう人、いろいろな人間がいる。まあ、そのうちの何人かの人生を書けばよろしいと思った。（略）戦争をどう伝えていくかということになると、いつも不充分だけれど、できるだけのことをし

なければいけない。（同）

「面白いことがいろいろありましたよ、戦争に行けば」「ただ懐かしくてね。それで、面白くてね。そういう人もいるし、いてもいい」――戦争を語る心性をそう述べた。深刻に、悲惨に、紋切り型で捉える戦後の風潮には与《くみ》しなかった。

戦場の実像を飾らずに話した。

「突撃ーッ」と言っても誰も飛び出さないことがあるんですよ、日本の最強部隊といえどもね。（略）みんなが突撃しても、突撃しないで残っちゃう人もいるわけです。それが戦場の実態なんですね。（同）

対談の終わりで「僕らの世代には戦争がなくて良かったと思うけれど、（戦争が）十五年遅ければ僕らも行っただろうなと実感させられます」と言う保阪に、古山はこう語った。

「保阪さんが保阪さんの年に生まれたというのは、これも良い運です」――運を信じた古山らしい返事であった。

第六章　文士の〝戦死〟

「自殺する勇気がない」

「フーコン戦記」を書き終えると、不幸が重なった。

一九九九年（平成一一）七月、江藤淳が自殺した。

江藤は前年に妻を失っていた。江藤によって小説家としての道を開かれたことは公言してきたことであり、論争を繰り返す江藤のことを支持し、気遣いもしていた。例えば、古山はかつて「雑誌に原稿を書くための派遣旅行」として、いわゆる「あご足つき」でアメリカ旅行をしたが、「やっぱり作家は自分の足で、見て歩かないと」と江藤淳に後日言われると、「その通りですね」とうなずくのであった。

同じ年の一〇月二一日の昼、青山の仕事場で妻明子からの電話を受けた。

「胸が苦しいの」と明子は言った。明子はリンパ節の炎症で発熱し、一〇日弱、国立相模原病院に入院し、退院して三日後のことである。

「え、じゃすぐ帰る」と返事をした。

古山は娘に電話をかけた。彼女は古山よりは東林間に近い、狛江に住んでいた。

「ママが胸が苦しいと言って電話してきた。お前、すぐ行けるか?」(「実家——81歳まで現役だった父・古山高麗雄の孤独死」『婦人公論』原樹ちかこ)

娘が行けるなら、自分はあとから行こうということらしかった。

だが彼女はテニスをしている最中で、家に帰って着替える必要もあるため、二時間近くかかるという。

表参道から地下鉄千代田線で代々木上原に出て、小田急線に乗り換えた。東林間の自宅に着くと、布団の上の明子は息をしていなかった。体にはぬくもりが残っていた。

娘に電話をした。

「ママ、死んだよ」

救急車を呼び、搬送先の北里大学病院で死亡が確認された。

娘の目に映った父は亡骸を前にオロオロしていた。

一四年前の一九八五年(昭和六〇)、妻明子は子宮癌の摘出手術のため、相模原市内の北里大学病院に入院した。『龍陵会戦』を『文學界』に連載している頃のことである。このとき古山は自宅に帰り、毎日妻を見舞った。何をすることもなく、病室で腰掛けて大鼾《おおいびき》をかいて眠ったりもしたが、ただ通った。独居生活を謳歌しながらも、妻に死なれることを思うと狼狽せずにはいられなかった。離れて暮らしていて、どちらかが急死するという、ずっと恐れていたことが起こった。

「あなたって、面白くない人ねえ」「それでよく小説が書けるわね」「私のこと、悪く書くのね」「もし、私に生活力があったら、あなたはなまけて、ぐうたらべえを決めこんでいたに違いないと思うわ」などと、作品において夫である作家を皮肉る辛辣な妻として書いてきた。

だが「夫婦には必ず何かの協力の関係がある」というのが持論であり、妻を深く思っていた。旅先から頻繁に送っていた手紙には「家で待っていて下さい」「昨日は明子の誕生日だったので、お寺に行ってひざまづいて明子と千佳子の健康を祈りました」などと書き、気遣いを見せていた。

不良めいたことをして妻を泣かせる娘には言っていた。

「何をしてもいいから、ママを泣かすことだけはしないでくれ」

そして声を張り上げることもなく、一晩中でも穏やかに諭し続けるのであった。

娘の回想。

「父は母を好きで好きで仕方なかったのだと思います。でもだからといって母の希望を通すかというとそうではない。母の歯がゆかったところですね。賞を取って本もまあまあ売れて、お金もできたことだし、新築の建売みたいなものでいいから、白い壁の家に住みたかった。それを父に訴えても、自分は表参道のマンションにいるものだから、「あぁ、そうだな」と言うだけ。結局、家は焦げ茶の板の家のままでした」

＊　＊　＊

葬儀は無宗教で行い、僧侶を呼んだりはしなかった。古山は宗教的な装いに関心がなかった。

もともと古山家の墓参りにも出かけなかった。

棺の中には一一月刊行予定の『フーコン戦記』が入れられた。古山は「明子へ」と署名した。本は萬玉邦夫が一部、急ぎ用意して葬儀に間に合わせたのだった。作家仲間や編集者が自宅に弔問に訪れた。妻を先に亡くしていた作家の三好徹が古山を支えるように気遣っていたことが、周囲の印象に残った。

数日後、古山は埼玉に住む弟子の太佐順に電話をかけた。

「家内が、亡くなったんだ。来てくれ」

妻明子は古山に代わって、太佐に小遣いを包んだ現金書留を送ったこともあったから、太佐の方でも明子のことを記憶していた。

古山は妻の死後、絶えずめそめそしていた。

江藤が死に、妻が死ぬ。

江藤の自殺に続き、安岡章太郎の縁で知り合った年来の友人、石山皓一も自殺した。

「いいな、みんなは勇気があって。早く死んでママのところに行きたいよ。パパも自殺したいよ。でも自殺する勇気がないんだ」

娘にはそう言って聞かせることがしばしばであった。二人の旧友の死に、古山は涙するのであった。

週に一度は前後不覚に酔って妻の眠る四谷の東長寺の扉を深夜に叩き、位牌の安置された部屋に入らせてもらった。古山は声をあげて泣いていたという。

なかなかものを書く気になれず、半年近くを過ごした。

三部作の仕事が終わってからというもの、戦争を思い出さなくなった。思い出すから書いているのだと思っていたが、書くために思い出していたのだと思い知った。

妻明子を思い出させる品が古山の視界に入らないよう、娘が実家を片付けなければならなかった。

妻を亡くしてから元気を失った古山を励まそうと、ゴルフ仲間の「老人会」のメンバーが外へ連れ出した。メンバーとは、日本経済新聞の田村祥蔵、文藝春秋の雨宮秀樹、画家の村上豊である。彼らとともにバニーガールのいるバーに出かけたりした。

駑馬であっても駄馬ではない

一九九九年一一月、『フーコン戦記』が単行本として刊行された。妻に見せることは叶わなかった。

相模大野の家で遺品を片付けていた娘が妻明子の日記を見つけた。自分の部屋にいた古山に声をかけると、血相を変えて飛んできたという。

最初、家計簿に書かれていた日記は途中からノートにつけられていた。自覚的に好き勝手を重ね、妻の不満もわかっていたが、日記で改めて妻の不満を知ってショックであった。

CHAGE&ASKAのヒット曲「YAH YAH YAH」の歌詞が書かれていた。「これからそいつを殴りに行こうか」の「そいつ」が自分なのか――

日記を毎日、黙々と読み続けた。

死から約半年後、亡妻を思う「妻の部屋」（『新潮』二〇〇〇年六月号）を発表した。「妻の死後、私は家にもどり、妻が死んだ部屋で、妻がその上で死んだ布団で寝ている」と書き出した。「東林間のブタ小屋」と妻が自宅を呼んでいたことにちなみ、『文學界』（二〇〇〇年九月号）に同名の作品を発表した。明子との見合いのことを書いた。「ブタ小屋」以下であった、駒込の「ウサギ小屋」時代と往時の鬱屈と沈潜にも及んだ。

父佐十郎が妻を失って以降、新義州の家のベッドに座って悄然としていたことも思い出した。「私もこのブタ小屋で急死することにでもなったら」と、自らの死を予言するかのようなことも書いた。

いずれの作品でも、死を目前のものと認めていた。

青山の仕事場から相模大野で独居するようになると、案じた娘がヘルパーを付けた。「介護」の言葉がちらつき、古山は嫌だと抗ったものの、最終的に折れた。

＊　＊　＊

日本中央競馬会（ＪＲＡ）の運営審議会の委員を辞したのは二〇〇〇年九月である。会は「日本中央競馬会法に基づいて設置された理事長の諮問機関で、日本中央競馬会の運営について審議する」（ＪＲＡ競馬用語辞典）もので、委員は馬主、生産者、騎手、調教師の代表に加え、有識者である。この委員を古山は一九八四年（昭和五九）から務めてきた。稼ぐために始めた競馬は仕事にもなり、長い付き合いになっていた。

この年の一二月、『断作戦』『龍陵会戦』『フーコン戦記』の戦争三部作により第四八回菊池寛賞を文藝春秋から贈られた。元気を失っていた古山は、受賞を機に少し力を取り戻したようであった。三部作完結で取材を受ける機会もあり、「僕は今、純文学の人気作家なんだよ」と周囲に軽く自慢した。

「呆けるか死ぬまでは、あるいは饒舌でなくても、何かを言い続ける」（「死と生」）――そういう心づもりであった。

かつて戦地再訪に同行した堤堯は、「一人でね、書きながら死ぬんだ」と青山の仕事場で古山が発した言葉を記憶している。

二〇〇一年（平成一三）に草思社のPR冊子『草思』（二〇〇一年六月号）で連載を開始した回想録「人生、しょせん運不運」は二四回の予定で、戦後のことも含めて綴り、連載終了後に書籍化することになっていた。冒頭で「長生きし過ぎました」と書き、「脳梗塞か、心筋梗塞か、多分、循環器系統の病気で私は倒れて、独り暮らしだから倒れてもすぐには発見されずにいるだろう」と死の様子を予想してみせた。

担当した増田敦子は安岡章太郎の作品に若い頃に親しんでおり、古山のことは「藤井高麗彦」のモデルとして知っていた。いわゆる従軍慰安婦の問題が世上を賑わす頃になると、体験に根ざして語る古山に注目するようになっていた。

増田は青山の仕事場、相模原の自宅を訪ねた。仕事場では余りの乱雑さに「先生、片付けましょうか」と口にした。

付き合いの中で古山は増田にこぼした。

「妻が死んで、僕は長生きしすぎました」「僕みたいなやくざな人間と結婚して、さぞかし失望したんじゃないか」

『草思』の連載は順調に回を進めた。増田とときに青山通りの雑居ビルの二階にあった喫茶店、大坊珈琲店で話した。

仙台の兵営に『ガルガンチュワ物語』を持ち込んだこと、戦地で土地の少女と結婚しようと夢想したこと、編集者時代のことなどを淡々と話した。

誤字脱字には厳しくしたと、回想した。増田の記憶に残ったのは、古山が駑馬《どば》と駄馬の違いを語ったことである。駑馬とは「おそい馬。のろい馬／才能の劣っている者。多く、謙遜して自分のことをいう」(『大辞林』)。

駑馬と自覚しながら作家の道を歩き通してきた自分への思いがあって持ち出したに違いない。あるいは駑馬であっても駄馬ではないとの自負がこぼれ出たのかもしれない。

＊　＊　＊

夏、小泉純一郎首相の靖国神社参拝をめぐって、騒動があった。

『文藝春秋』九月号に「万年一等兵の靖国神社」と題して寄せたエッセイは、他国のことを論難する中国、韓国を批判しながら、かつての祖国を顧みた。

「自分の国の愚行や欺瞞は、率直に認め、発言した方がいい」と言い、植民地朝鮮における皇化政策を引き合いに出した。いわゆる「自虐史観」によるのではなく、実感に基づくものだった。

もし日本人が、日本語は家庭外では使うな、英語を使え、名前は、ジョーだの、ジョンだの、アメリカ式に変えろ、このさいアメリカ化の恩典に浴させてやる、とマッカーサーが言ったとしたら、日本人は喜んで、はいはい、おありがとう、と言って従うだろうか。（同）

靖国神社参拝を重視する論には与しなかった。人の生死を間近に戦場で見たからであろう。

「死ねば、靖国も何もない。無です。招魂も追悼も葬式も、生者の営みです。（略）なに、参拝など、どこでだって、できる」（同）

人が亡くなったあとは、空を見上げてその人を思い、心の中で手を合わせればよい、墓などいらないから――そんな考えを娘の千佳子に語っていた。宗教にこだわりはないし、祈りの形もそうである。だから神社に参拝するか否かを問題にするはずもなかった。

この年、ＮＨＫラジオの収録で古山は自らを語った。「ラジオ深夜便」でその訥々とした語りは放送される。のちにＮＨＫテレビの番組「一兵卒の戦争」でも引かれた言葉はこうである。

運命に翻弄される人間の軽さ、しかし人間である以上、思う考えることのできる動物の重さ、そういうったものをいろいろ考えてみたい、ただ死ぬまで僕はわからないじゃないかと思うな、僕は。追究しても結論でない気がするしね。戦争なんていうのは僕一人で語り尽くせるものじゃないしね、あんな巨大なものね。

競馬で外し続ける

この年、弟子の太佐順が刊行された自著を持って古山のもとを訪れた。

「太佐君、良かったねえ」と古山は大げさなくらいに祝いの言葉を口にした。

太佐は移転や仕事のことを折に触れて古山に知らせていたのである。

古山の方からは、新聞や雑誌に掲載された自分の作品のコピーを太佐に送り、小説を書くためのアドバイスを伝えていた。

「太佐君は器用すぎる。下手になれば、ということをよく言われました。うまさを抑えて書け、と。週刊誌の原稿をやっていた弊害かもしれません。週刊誌の原稿は、体裁と組み立てだけだから。取材をしてきて書く。そういうことも小説に良くなかったかもしれない。上手にまとめてしまうわけです。うま過ぎるところを抑えられるようになったら大丈夫だ、と先生は言っていました」(太佐)

太佐からしてみれば、古山こそ巧みな人に見えた。

「本人がうま過ぎたんじゃないですか。自分の反省から僕に言っていたんじゃないでしょうか。先生はそれを乗り越えて、何とか本当の古山高麗雄になったから、というのがあったのかもしれません。だから僕に言っていたのかもわかりません」

古山の経歴と作品を紹介する場を設けた宮城県刈田郡七ヶ宿町の職員二人が、相模原の自宅を訪ねてきたのはこの年の一二月も半ばを迎える頃であった。同町に一九九三年（平成五）に完成した「七ヶ宿町水と歴史の館」には、一九九七年（平成九）、「古山高麗雄文学コーナー」が設けられ、写真や初版本、生原稿などがすでに寄贈されていたが、開館一〇周年記念事業として古山に関する企画展の計画が進行していた。職員の訪問はその打ち合わせのためであった。

自分の死後、遺品類は町に寄贈すると決めていた古山は、その場で芥川賞の記念品である腕時計を外し、「どうぞ」と渡そうとまでした。

＊　＊　＊

年の瀬の一二月二三日、フーコン取材に同行した安藤泉と画家の村上豊と連れ立って、有馬記念の観戦に行くことにした。仕事場に迎えに来た安藤を、少し待たせた。電話で京都競馬場開催のレースの馬券を買おうとしたためだったが、なかなか電話が通じなかった。

安藤は古山の部屋に籠もった「煙草の煙が何重にもなって発酵したようなにおい」を感じていた。ものすごい状況であったが、精神的な荒廃のようなものはなかった。

ドア近くには本が積まれ、ゴルフバッグがあった。飲みかけのウイスキーの瓶もあった。床やベッドの一部にも本が置かれていた。床に積まれた本は数十センチの高さになっていた。

結局、電話はつながらなかった。

「とりあえず行こう」と古山は言った。

中山競馬場でも京都競馬場の馬券は買えた。だが目当てのレースは間に合わず買えなかった。その日は買う馬券がどれも外れた。

「最終レースの古さん」の異名を奉られたように、最終になれば勝っていたのに、である。同行者の一人、村上豊の馬券はよく当たった。あとからわかったことだが、買い損ねた京都競馬場の馬券は的中していた。

古山は「本当に今日はついていないね」とこぼした。

孤独死を予告する作品

二〇〇二年（平成一四）一月二六日、掌編「孤独死」を東京新聞夕刊に発表した。亡き妻を偲《しの》び、「さて、今度は私の番です」と宣言するように書いた。

「発作が起きても、一一九番に電話をかけたり、セコムしたりする気は、まったくありません」『文學界』（二〇〇二年二月号）には「物皆物申し候」を発表した。これも妻を偲ぶ作品であった。「妻の部屋に写真を立てて、水と菓子と花を供え、線香を点している」と綴った。同時に供えているのは二〇年来の仕事で、完成を見せられなかった戦争三部作、『断作戦』『龍陵会戦』『フーコン戦記』であった。

ゴルフ仲間「老人会」のメンバーである田村祥蔵は「狼が来たぞ」を日本経済新聞に連載した頃からの付き合いである。

田村は「孤独死」を読んで不吉な予感を覚えた。古山が妻の日記を読んで落胆していることは知っていた。だから古山に電話をした。食事の量が減っているらしい。

「コンビニに朝行って、弁当を買ってそれを一日三回に分けて食うんだ」と古山は言った。

「先生、そりゃダメだ。食わないとダメだ」

「しかし、腹なんか空かないんだよ」

相模大野の駅まで出て、女将のいるような飲み屋に行ってはどうかと勧めた。古山は気のない返事をした。

ゴルフをともにしている田村から見て、古山は体力のある老人であった。ゴルフ仲間の目に、古山の身のこなしは軽く、運動神経は良いように見えた。

あるとき、雪が降ったためゴルフ場の予約をキャンセルしたことがあった。田村がそのことを電話で古山に伝えた。すると古山はゴルフ場にわざわざ電話をかけ、「霞台（カントリークラブ）は降っていないからやろうよ」と田村に折り返して言うのであった。

雪ですら意欲を殺《そ》がないのだから、雨など考慮の対象ではない。コースを回っているとき、雨がひどくなったことがあった。やめようかという話になると、「これしきの雨で止めるとはねえ」と本当にバカにしたように言った古山であった。

泥水が靴の中にたまっていようが、戦争中は歩いたのである。

同じ「老人会」で遊んだメンバーの雨宮秀樹が語る。

「ゴルフのあと、お風呂に入る。年をとると誰でもお尻の肉が落ちるものですが、先生のは丸くぷりっとしている。僕らは「さすが古山一等兵。行軍を長い距離してきたからお尻が違うな」と感心したり。鉄砲や大きな雑嚢を担いで何十キロも行くわけですからね」

そんな古山だが、ゴルフでも体力の衰えを見せた。昼時にはビールを飲む。顔が赤くなって、コースを再び回ると、木の根方にしゃがみ込むようになった。歩みも遅い。「飲まない方がいいですよ」と田村祥蔵が言うと、「なに言ってんだよ、みんな飲んで」と不平を言った。

一月、みぞれ交じりの日にコースに出た。雨に強い古山もこのときは「寒いね」と言って震え上がった。途中でやめることに異存は言わなかった。周囲には本当に辛そうに見えた。

二月半ば、新義州公立中学からの友人に「歩いてもふらつく」と電話で伝えた。

二七日、帯状疱疹（ヘルペス）で国立相模原病院に入院した。症状は腹と背中に出ていた。

「食欲がなくて、体調が良くない。一〇日くらい、入院する」

義中の友人たちの記すところでは、電話でそう伝えていた。

入院するときはほとんど身一つであった。画家の村上豊の妻の介添えで入院手続きを済ませた。古山は力を失っていた。体重は四〇キロ程度に落ちていた。

家で着ていた大島絣の着物で寝起きするつもりだったらしく、着替えは皆無。慌てて娘が自宅から浴衣や下着、コップやスリッパ、歯ブラシなどを持参した。

古山はこううそぶいた。

「歯なんかヘルペスの間くらい磨かなくたっていい。ヘルペスでどうせ風呂には入れないし、老人は脂っ気がない。毎日風呂なんか入ったら皮膚がかさかさになって良くないんだ。一週間に一ぺんぐらいでいいんだ」

病院はかつての陸軍病院であった。入院中、『季刊藝術』に誘ってくれた音楽評論家の遠山一行が見舞いに訪れた。年来の友人を前に、弱気な言葉を吐いた。

「老人会」のメンバーも見舞いに来た。

「食事がうまくない」と、四人部屋の他の入院患者にも聞こえるような声で不平を口にした。

雨宮秀樹はなだめるように言った。

「先生、そうは言っても銀シャリですぜ」

だがもう食欲がなかった。

草思社のPR冊子『草思』の連載「人生、しょせん運不運」が続いていた。担当の増田敦子も見舞いに来た。冬の風が吹く寒い日であった。

増田を見送りがてら、煙草を吸いに出ようと古山は病室を出た。病院の一階には喫煙室があったが、煙が立ち込めていた。愛煙家として煙草が自由に吸えないことが不満であった。

「ガス室みたいだから嫌だな」と言って、玄関に出て煙草を吸った。パジャマ姿の古山に「先生、寒いですから」と、増田が自分のコートを羽織らせた。

入院から一週間が経過した三月七日、古山は娘の世話を受けながら退院した。

「ヘルペスじゃ死ねねえそうだ」と古山は言った。あの大戦争でも死ななかった者だから言える憎まれ口である。

「残念だったわね」と娘は応じた。

家に戻ると敷かれた布団で横になった。夕食はレトルトの粥でいいと言ったものの、起きて言った。

「そうだ、すき焼きにしよう、退院祝いだもんな。お前、伊勢丹で一番上等な肉を買ってきてくれ」

古山は用意したすき焼きを良く食べた。すき焼きは好物であった。

退院後、中学時代の友人に電話をかけ、弱々しい声で言った。

「俺、今日退院してきたよ。ヘルペスだったんだよ、腹部の。すっかり痩せちゃった感じ。ウン、まあまあだね」

医者もうらやむ死に方

「新聞受けに新聞がたまっている、見に来た方がいいですよ――」

近所の理容室から娘の千佳子に電話が入ったのは、二〇〇二年三月一四日。

退院から一週間が経過していた。

「一二日からの新聞がたまっている」という。病院でも病室から売店まで歩いて新聞を買っていた。一日も欠かさずに読む古山にはあり得ないことであった。

娘は胸が騒いだ。だが一人では行きたくない。逡巡ののち、友人の同行を得て実家に向かった。家に入ると、古山は妻明子が息を引き取った部屋にいた。敷かれた布団は明子のものであった。その傍らで冷たくなっていた。警察と消防に電話をかけたあと、今度は電話がかかってきた。

「人生、しょせん運不運」を連載する草思社からであった。

娘は叫ぶように応じた。

「もう書けません、すみません、死んでるから書けませんッ」

遺体は北里大学病院で司法解剖された。

死亡は三月一一日。享年八一。

予告にたがわぬ孤独死であった。「亡くなったのは風呂上がりの折だったようです」医師が言った。「一、二秒しか苦しまなかったでしょう、羨ましいくらいです」

一九日、知人の新聞記者の紹介で、かねて妻の納骨のために、自分のためにも権利を買っていた四谷の東長寺において告別式が持たれた。ゴルフ仲間の「老人会」メンバーや義中の関係者が参列した。

古山の戒名は「峰流麗信士」。掌に収まるくらいの小さな位牌が、東長寺の空調の効いた一室に置かれた。

＊　＊　＊

訃報、追悼の記事が出た。
産経新聞の「産経抄」（三月一六日）は、戦争と向かい続けた作家である、としてから断言した。「薄っぺらな〝反戦作家〟なんぞではない。（略）栄光にみちた文士の堂々たる〝戦死〟である」
朝日新聞の「惜別」（四月九日）はこう評した。「ユーモアと怒り交え戦争描く」「柔らかな物腰の奥に、かたい信念を秘めていた」

長年関係のあった文藝春秋の『文藝春秋』（二〇〇二年五月号）「蓋棺録」は、踏み込んで古山の姿勢を紹介した。

一兵卒として関わった戦争を凝視し、そこで生きる人間をあるがままに描き続けた。（略）古山が描くと、兵隊たちの世界も現代の日本社会も肩書きや役割が融解して、人と人との生々しい関係が炙り出された。読者は飾り気のない人間関係に懐かしさを感じたり、目を背けたいような気持ちになったが、作者の視線の優しさに気が付くと心が癒されるのを覚えた。

文芸誌も追悼文を掲載した。

河出書房時代の同僚で作家の竹西寛子が『新潮』（二〇〇二年五月号）に、「楷書と馬券」と題した一文を寄せた。編集会議で訥々と企画を話す姿や、同僚の間を回って馬券購入を勧める古山の姿を書いた。

同号では「裸の群」以来の友人であった加島祥造が、自らの軍隊時代を振り返る「あの夜」という作品を寄せた。

加島は冒頭では古山との長い付き合いに触れた。軍隊でのことを語ってこなかった自分がいよいよ書くとなれば古山が笑うだろうと書いた。加島は「前から持っていたテーマだからね、いつか書こうとは思っていた、でも書きにくかったね」と回想している。

当時『新潮』の編集長であった前田速夫によれば、古山の死より前に加島への依頼はなされていた。そこで「あの夜」の末尾に、「なおこの稿が印刷される寸前に、古山氏が亡くなられたのを知った」との断り書きが加えられた。

戦争三部作を連載してきた『文學界』（二〇〇二年五月号）が追悼文からなる小さな特集「追悼・古山高麗雄」を組んだ。

三部作完結後に対談している、ノンフィクション作家の保阪正康は寄稿した一人である。

保阪は死んだ兵士たちが発するメッセージを理解するために、古山の作品を集中的に読むようになったと書き、古山に先行する戦争文学の書き手たちを顧みて、「その作品を著す時間的エネルギーの持続性が長いというケースは少ない」と指摘した。

古山は梅崎春生、野間宏、大岡昇平ら先に「戦争」を書いて世に名を残した作家に比して、実に長く戦争を書き続けたというのである。


「普通の人間」の生と死にこだわり続け、以後の三十年間はそのこだわりを私たちの目の前に示していったということになる。（略）戦闘体験世代の最後の戦争文学が終焉したという事実が、今、私たちが受け止めなければならない現実でもある。

（保阪正康「戦争文学の最終走者の「孤独死」」）

『季刊藝術』に古山を誘い、再び小説を書くきっかけをつくった遠山一行も寄稿した（「古山高麗雄さんの死」）。

二人は『季刊藝術』以後もゴルフに出かけ、青山の仕事場と遠山の住まいが遠くないこともあり、ゴルフだけでなく、食事をともにするなど交際を続けていた。「性格も何もかもまるで違うが、としが近いせいもあるのか、話は結構合った」（同）のである。

隔たりのない間柄で、遠山の妻慶子によれば、背の高い遠山が古山のことを「短足」とからかって言うこともあったという。それくらい親しい関係だった。

『群像』（二〇〇二年五月号）も『文學界』と同様な「追悼　古山高麗雄」を組んだが、遠山はここにも寄稿し、古山の像を明確に刻印した（「古山さん追悼」）。

戦争中の話しもよく出たが、あの戦争に賛成できなくても、教条的な反戦平和には組《（マ マ）》しなかった。弱いものの立場からものを見ることが出来たが、人権をふりまわすこともなかった。彼の文学も同じ場所で生れているのである。

（「古山さん追悼」）

終章　落葉、風を恨まず

人一倍の軍隊嫌い

生前、古山はゴルフ仲間の「老人会」のメンバーから乞われるままに戦争体験を語った。ごく控えめに、淡々と。

例えば、ビルマでの経験を――

古山一等兵は、包囲した村から逃げだそうとする男を追えと命じられる。命令のままに駆け出すが、村人に決して追いつかないよう、「たんたーんたかたかたんたん」と「天国と地獄」を歌いながら、呑気に走る。そして村人は逃げおおせてしまう。

雨宮秀樹の回想。

「なんてだらしない、それでも日本の兵隊かと叱られるんですけれども、すみません、すみませんと、その場を収めちゃう。本当にあの人のヒューマニズムは筋金入りで、あとは自分はビンタを食らうわけですけれども、決して殺《あや》めたり傷つけたりしない」

あるいは雨宮はこんな話も聞いた。

「弾が当たれば、傷病兵として前線を離脱できる。そうすると人殺しをしないで済む。塹壕の中に身を潜めているときも、そこから脚を出したそうです。敵軍から見えるように、くるぶしから先を出して。「脚を出しているんだけどね、当たろうと思うと、当たらないんだよ」と仰っていました」

そういった話を、古山は自慢話にもしないし、自分を滑稽な者にして、まさに小説の中の一等兵のように語った。ユーモアを感じさせる、オブラートにくるんだ話し方をした。ユーモアが古山の深い知性を感じさせた。戦争指導者たちへの批判を持っていることは明らかだったが、そこから単純に反戦へと転じていないところがあった。彼の作品には戦争文学にありがちな暗さや苛烈さがなかった。

＊　＊　＊

古山の死から一年が経とうという二〇〇三年（平成一五）二月、『断作戦』を皮切りに、三月『龍陵会戦』、四月『フーコン戦記』が文春文庫から刊行された。『フーコン戦記』の巻末には直木賞作家の長部日出雄が解説を寄稿した。

一見ものぐさで投げやりのように見えて、かれは国家と個人、戦争と生命、専制と自由の関係を、自分なりに考え抜いていた。（略）古山高麗雄の戦争文学は、いまこそ読まれなければならない。そしてまた、いつまでも読みつづけられなければならない。

古山の書くものには、いつの時代にも通じる問題意識があった。

二〇〇四年（平成一六）三月一一日、三回忌に合わせて「古山高麗雄を偲ぶ会」が東京會舘で開かれた。

呼びかけたのは、「プレオー8の夜明け」を書かせた編集者の寺田博である。

事務方は主に文藝春秋の編集者たちが担当した。当日の受付には『季刊藝術』で古山と働いた富永京子がいた。

献杯には古山と同じく妻に先立たれた経験を持つ作家の城山三郎が立ち、「人間を見る目線が低い人だった」と話した。集まったのは『文學界』『諸君！』など、作品を数多く発表した出版社の編集者やゴルフ仲間の作家も含めて文壇の友人たちが参加した。

「偲ぶ会」の模様は新聞社数社が伝えるところとなった。

四月、絶筆となった回想録『人生、しょせん運不運』が草思社から刊行された。同世代の文芸評論家の佐伯彰一が解説を寄せた。佐伯は戦争三部作を引き合いに出して指摘した。

「同世代の人間たちの中でも、人一倍の軍隊嫌い、戦争大反対！　の古山さんの作家的生涯そのものが、フシギな成行の所産であったと、これはもう嘆息する他はないのだ」

軍隊、戦争を嫌った人間が死ぬまで戦争を書き続けたことは一見不思議であろう。

だが戦争で苦労を重ね、悲哀を舐めて生還した古山にとって、戦争こそが作家として書くべき題材であった。

同年八月、ＮＨＫが「平和の尊さを考えるＮＨＫスペシャル」のうちの一回として、「一兵卒の戦争」と題した番組を放映した。「援蒋ルート」をめぐる戦いに取材した内容で、『龍陵会戦』を随所で引きながら古山と同じ部隊にいた元兵士の証言とともに、龍陵の戦いを、兵士たちの戦争を描き出すものとなった。

戦後六〇年も近くなり、各地の戦友会が会員の高齢化により活動を停止する時期に重なっていた。戦争が実体験から語られる機会が著しく減り始めていた。

「才能というやつは量の問題だ」

絶筆となった回想録『人生、しょせん運不運』のタイトルが示す通り古山は、人は「運」に左右されて生きるほかない、としきりに書いた。戦地からの生還のみならず、小説を書けたこと、さらには芥川賞受賞についても「運が良かった」と書き、また周囲に語っていた。

別の言葉では「もし」「偶然」を使って表現していた。「わたしたちは、何万、何十万の〝もし〟の組合せによって現在を得ている」とは、親しく接した劇作家・岸田國士を追慕するエッセイ「日本人とは」における言葉だが、続けて「その思いが私を、虚無的にもするし、楽天的にもするわけだ」とも書く。

虚無的だからといって暗いことはなく、彼は明るさと温かさを醸し出していた。

「すべては運である」と断言しても、それは明るい諦めであり、人知れず苦労を重ねて道を開くことを前提にしていたものである。

『断作戦』『龍陵会戦』と続けて『フーコン戦記』を上梓した一九九九年（平成一一）、「三部作」（『本の話』）で古山は、フランスの作家ジュール・ルナールが日記に書いたボードレールの言葉を引いている。

才能といふやつは量の問題だ。才能といふのは一頁書くことではない。三百頁書くことだ。小説といつたところで普通の頭脳《あたま》をもつた人間に考へつけないほどのものでもなく、どんなに文章が美しいにしても駈け出しの人間には書けないといふほどではない。（略）文學の世界は悉く牛ばかりだ。天才は最も頑丈な牛、疲れを知らぬもののやうに毎日十八時間うんうん働く牛だ。光榮はひつきりなしの努力だ。（岸田國士訳）

かつて敬愛する岸田國士から右の文章が載った『ルナアル日記』全七巻を「元気がなくなったら読みたまえ」ともらい受けていた。古山はおそらくそれを愛読し、繰り返し親んだ。才能をめぐる引用のあと、古山はすぐさま書いた。

そうだな、と思う。そして、私には才能がないのだ、と思う。二十年に二千枚というのは、私に才能がなく、怠けものであることの証ではないか。（「三部作」）

だが、実際に作品となった原稿の量を問題にしてはいけないのではないか。古山は結果の乏しさを自嘲しているだけであり、作品の背後に捨てられた数千枚があったとしても少しもおかしくない。

「自分の甲羅に似せた穴」を掘る

古山は復員後「何度書いてもダメだった」という言葉を口にしている。それは何度も書いたことを証明する。記録文学として世に出た「裸の群」はそのうちの一部かもしれない。だから晩年『二十三の戦争短編小説』（文藝春秋）が刊行された際の『本の話』編集部によるインタビュー「僕の戦争短編について」で「四十九歳まで一度も（小説を）書いたことがなかった」と語るのも一種の修辞だろう。

彼は努力を人に見せようとはしなかった。

晩年、評論家の大河内昭爾《おおこうちしょうじ》との対談「原隊探しの一人旅」（「季刊文科」第一八号）は古山の方法意識を伝えている。「結構努力しているんだよ。才能のない分を何で補おうかって。こっそり策略練ってるんだよ。それが文章の上に出たんじゃあ拙いから、作為を隠しながら――」

前出の「僕の戦争短編について」では芥川賞受賞作「プレオー8の夜明け」における企みも明かしている。

あの小説はフラッシュバックを多用していますが、そのフラッシュバックのリズムをモダンジャズのような感じで書いたら、ちょっと変わった、人が驚くようなものが書けるんじゃないか、という作為があった。だって深刻な話を深刻に書いたら他の人と同じになっちゃうでしょう。

それまでの「戦争文学」とは違う道を歩もうと、遅い出発の人らしく考え抜いていた。さらに冗談めかして話している。

ふるさとや恋人、母親のことを思って眠れないでいると、夜中に看守の冷たい靴音の響きがコッコッと近寄っては離れていく――なんて書き方をしたら、みんなと一緒です（笑）。僕が書く必要なんてない。


「プレオー8の夜明け」には、ふるさとも恋人（妻）も母親も出てくる。

だが描かれ方が違う。湿っぽくない。

なぜ自分が、戦後二五年も経とうというときに戦争のことを書くのか。

読まれる価値のあるものにするにはどうすべきか。

自問して書き方を探し、答えを得ながらの執筆したのだ。

テーマは戦地で得てきたのだから、あとは方法を見つければいい。だからこう言い切れた。

「私は、私でなければ書けないものを書けばいいのであった」（「堕落できない人」）

古山は方法意識の高い小説家として書いていた。勢いに任せて作品を得る人ではなかった。

彼は運に辿り着くまで歩兵らしく歩き、得た場所で、自ら繰り返し語ったように、「カニのように自分の甲羅に似せた穴」を掘り続けた。

影響を受けた小説は「数えきれないくらいにあって書ききれません」と、芥川賞受賞後、『文藝春秋臨時増刊』（一九七一年一二月号）に書いている。だが当時から「結局、自分は自分の甲羅に似せて穴を掘るより仕方がないじゃないか」と考えていた。

小説家としての経歴が二〇年近くなる頃の講演（「小説を書くことと読むこと」）では、「私は私の道をいままでトボトボと歩いて生きてきただけで（略）、こうやって来るしかなかったし、こうやって死んでゆくしかないんだと思っています」と覚悟にも似た言葉を述べている。

自負は次の一言に表れた。「人と同じ生半可なことをやっていたんでは（職業作家に）なれない、人のやらないことをやらなければ絶対になれない」

『月山』の森敦の養女、森富子は、森が亡くなったあとも古山と付き合いがあったが、初対面の折、「小説を書くのは生半可なことではないですよ」と言われたことを記憶している。若い書き手への諭しなのだろうが、自分自身の心がけでもあったに違いない。

＊　＊　＊

純文学の書き手らしく「いかに書くか」に強く思いを巡らせていたことは、修飾語をまったく使わないで『フーコン戦記』を書いた点にも出ている。

ただ作品を書き続けていくうちに、「プレオー8の夜明け」のような初期短編に見られる作品世界の完成度を求めなくなっていた。

小説を書き始めて一〇年ほどが経過した一九八〇年、『すばる』八月号のインタビュー（「古山高麗雄氏に聞く」）でこんなことを言っている。

（作品の）ほころびかけたものをみんな許容して、ひきずって、読者から「そこはほころびかけてるよ」「そうですか」といいながら進んでいく小説の方が、一分のスキもないスタイルの小説よりは、読者と話し合えると思うんですよ。

個人と個人の付き合いを重視した彼は、作品を書くにあたっても、対話を考えていた。

小説というのはなにをどんなふうに書いてもいい。自分の書きたいことを書けばいい。あまり欲張らずに、何人かの人たちが読んで下さって話しかけてくれたり答えてくれるならばそれで満足だというのが小説家でしょう。最終的に読者は自分一人だけでも私は小説家と言えると思います。

（「戦争をどう書くか」）

最後まで小説家であること

晩年は、いわゆる従軍慰安婦のことで発言を求められることも少なくなかった。

一九九四年（平成六）六月には短編「セミの追憶」で第二一回川端康成文学賞を受けているが、そこにあったのは人との付き合いという観点で慰安婦を考える姿勢である。

「受賞の言葉」に古山は書いた。

「私がもっとましな人間であったら、従軍慰安婦と呼ばれる人たちとも、もっといい付合ができただろうに、と思うが、過去はやり直せない。その愚痴っぽい思いを、私はこの短篇に書こうとした」

作品は戦中ビルマの慰安所でのことを辿ったものである。慰安所には大柄な朝鮮人の娼婦がいた。性交すると小柄な男なら小さなセミが樹木にとまった風になる。古山は小柄な「私」をセミとして描いた。

政治的な文脈で言えば、歴史問題でも発言した。

「新しい歴史教科書をつくる会」（つくる会）の賛同者名簿――そこには江藤淳もいた――に名を連ね、一九九七年（平成九）には『Ｒｏｎｚａ』の取材に対し、「今の教科書はバランスを欠いているよ。（略）教科書には相手も悪いという見方が欠けているんだ」（「戦争になれば、どこの国でも慰安所をつくるんです」）という意見を表明していた。古山は「何かの会に加わってくれという話は断っている」のであるが、「私がつくるならこういう教科書にするという意見がたくさん出てくればいい」というのであったあるいは「つくる会」の賛同者の中に、江藤淳の名前を見て、断りにくさを感じたのか。

＊　＊　＊

古山は死ぬまで書き続けたが、ベストセラーを連発する類の小説家ではなかった。

『フーコン戦記』が完成したときには、前の二作が絶版になっていた。

評論家の大河内昭爾には対談で率直に「（三部作執筆の二〇年間）良く食っていけたですね」と言われている。

生前の古山を知る編集者の大村彦次郎は話す。

「「売れていなくても頼む」という編集者がいるのが作家の強みです。古山さんもそうだったのでは。作家は二つか三つ、書ける場所があればいいんです」

出版の縮小が二一世紀に入ってからというもの指摘されているが、古山の作品はその中で「一発当てる」式に頼れる質のものでもない。

しかし、と大村は語る。

「作家の幸福は、（本が）売れて金を儲けて別荘を買って――ということじゃない。生涯を顧みて「最後まで作家であること」だと思うんです。売れる、売れないではなく、最後まで書けたかどうか。そういう点で古山さんは幸福な作家だった」

確かに古山は死ぬまで現役として小説を書き続けた。

「早く世に出て名前が売れても、消えてしまう人もいる。（古山は）遅いフライトだった。けれどもだんだん上がっていった。お金じゃない。やりたいことをやれた、売れる売れないではなく、最後まで書けた、それが評価されたということです」

古山には彼にしか書けない世界があった。

古山のエッセイ集を編集した柳澤通博も、古山には「戦争」「戦地」があることを指摘する。

「(戦犯として収監された)ベトナムもそうだし、戦争三部作で書いたビルマから雲南へ入って行く道は、古山さんの独擅場。誰が逆さになってもあそこは自分にしか書けないという自負があった」

戦争三部作完結のために欠かせなかった取材をともにした安藤泉が語る。

「戦争のことばかり話して周囲に「結局、自慢話じゃないか」と嫌がられるおじいさんが、古山先生の小説にはよく出てきます。あれだけの体験は、作家にとっては一生の文学のテーマになるものですよね。そう簡単にはできない、それを自分は体験しているんだ、という自負はあったと思います。それは言葉の端々に感じました」

能弁に戦争を口にしたわけではないが、思いを作品は十分に伝えていた。

「理不尽すぎる体験をして初めて大人になって、書くものに深みが出るのではないでしょうか。戦争は語り尽くせないくらいの体験だった、そのことが、ともすると自慢になってしまう。すれすれのところですね、運命で死んでしまうこともある。生き残った人には語りたい気持ちがある。戦争とはそういうものなのだ、という姿勢を感じました」(安藤)

実際に古山が抱いていたのは「不公平というのは甘受するしかない」(「戦争は悲惨なだけじゃ

ない」）という思いである。

そして「不公平、不平等の中で人間が何を考えるか、どう生きるかを追求するのが私には面白い」（同）とも考えていたのである。

安藤は戦争を巨視的に、言い換えれば将軍や参謀たちの視点から書くことに価値を見出す上司の下で仕事をしたこともある。その上司曰く「古山さんの小説はわからない」

確かに『フーコン戦記』と題がついていてもフーコンの戦いの全体像が描かれているわけではない。一等兵の目で捉えた戦場なのである。「わからない」というのは否定ではなく、そういう一等兵の世界にこだわった古山の作品への評価なのである。

「戦争を真面目にやった人も死ぬ。その人たちのことを汲み取りたいというスタンスの人もいる。先生のスタンスはちょっと違う。不真面目ですよね。狙いも外しちゃうんだから。お国のためにとは全然考えていない。そこが古山文学だったんだと思っています」（安藤）

古山の書くものは兵卒の世界に絞り込まれていた。再び安藤の談話。

「戦争文学の書き手としては、非常に限定的な世界を書いたわけですよね。そこにこだわって書いている先生のスタンスがよくわかる気がします。僕は一等兵だから、とよく仰っていました。一生一等兵で、偉くなりたくないんだ、と」

偉くなりたくない古山は、求められて色紙に揮毫する類のことを好まなかった。

立派なことを書きたくない。それはスローガンになってしまうからだろう。

「筑摩日本文学大系」には「プレオー8の夜明け」が収録されているが、扉に入れた直筆の言葉は「猿も木から落ちる」であった。

讖言《しんげん》めいた言葉で口にしたのは「ラクヨウカゼヲウラマズ」である。漢字交じりに書くと、「落葉、風を恨まず」、漢詩風には「落葉不恨風」となろう。この言葉を古山の口から聞いた編集者の雨宮秀樹が書いた「古山高麗雄さんと「老人会」のこと」(『東京春秋』第一五号〔二〇〇二年一二月〕)によれば、戦争中の挿話を笑いとともに語り、「落葉、風を恨まずだよ」と呟いたという。古山一流の衒《てら》いであり、壮語は決してしない姿勢が滲む。

古山が戦争を書くときには、デビュー作以来のおかしみがあった。大岡昇平から親しく学び、古山から弟子と呼ばれた作家の太佐順が言う。

「結局、古山先生は自分の行動をそのまま書かないで傍観的に見たり、横道に一歩逸れて自分を眺めたりとかする。(軍隊でも社会でも)それが身の処し方だったと思う。役立たずとか、本当の軍人になれなかったとか、そういう軍隊生活の中での生き方をカバーするために、傍観者になったり、外からひょいと面白いことを言ったりする。もし先生が軍隊生活での事実をそのまま書いたら、それはどうしようもない兵隊になるじゃないですか?　それは書けないですよ。役立たずの一等兵を自分が第三者になって見ることで、救いが生まれる。自分があの一等兵を自ら嘲ることによって救われる」

自嘲は遅れた出発の戦争小説書きがとった手法であった。

「(以前は)ストレートに戦争を描き切れたし、読者も納得してくれた。こんな兵隊がいたんだ、と。でも古山がデビューした頃には直視しても受け入れられない時代になっていた。その空白の時間が小説家として変質させたんじゃないですか。戦争から帰ってすぐ書いたら大岡昇平みたいになる。最初はね、大岡昇平みたいなものを書こうとしたと思いますよ、努力して」（太佐）

仕事場は「牢獄と同じ」

「裸の群」を担当した加島祥造は古山にこう語りかけたことがある。

「よくあんなに軍隊のこと書くなあ、僕はぐんたいのぐの字もね、書きたくないよ。あれほど嫌な生活はしたことがないと俺は思っているんだよ」

古山が応じた。

「いや、祥ちゃん、こんなだらけたつまんない生活ばかりしているんだったら、かえって軍隊の頃の、どこか生き生きした生活の方が懐かしくなるよ」

加島は古山の言葉に心底驚いたという。

「僕と古山の共通点は、軍隊の権威は拝まなくて、自分たちの生活をあくまでエンジョイしようとしたことだな。「エンジョイする」というのはおかしいけれど、今の「私」を否定しないでね」

加島は東京下町の商家の子弟、古山は朝鮮の開業医の子弟。共通するのは裕福な家庭にあって生活の苦労の類とは無縁に育ったということ。自由を享受して行き着いた先の軍隊は、自分が否定される辛い場でもあったということ……。

加島が語る。

「（古山も軍隊では）かなり苦労をしたんだろうけれど、受け入れてやっていたんだろうな。柳が風に揺られてもね、ゆらゆら揺れても平気だっていう、そういう柔軟さもあったんだよ。僕は受け入れられなかった。何とか抜け出そうとばかり思っていた。ある意味で僕の方が気持ちが狭くてね。向上心と言えば向上心だけれど、今よりもっと良い、「意味のある生活」をしようとかね。古山はそこにある兵隊、個人個人の人間性をもっと尊んだ人のような気がするな」

加島の目に古山は贅沢をせず、身辺を飾らぬ人間に映じた。

「もうちょっと僕がうまいものを食おうと思っても（古山は）ここでいいよ、ここでって。安いものばっかり食って」

そして青山の仕事場は「牢獄と同じだったんだ」と回想するほどであった。

「ベッドが一つと椅子が一つで。あとは本と炊事場と、あれきりのところで何年もやっていて、ちょうど軍隊と同じようなね。あるいは古山が向こうで経験した、刑務所みたいな環境と大して違わないよ」

戦争の頃のことを懐かしむ姿勢は、古山自身が書くものに表れていた。

「懐かしい懐かしい戦争」と題したエッセイを『新潮45』（一九八八年六月号）に寄せた折には、こう書いた。

もちろん、戦争は懐かしい。当然である。戦争経験は、私の過去の中の重いものであって、楽しくない追憶が多いが、自分の過去の重いものが、懐かしくないわけがない。

＊　　＊　　＊

彼には戦前・戦中と戦後の違いが何もないように見えていた。

英語が敵性言語だからと排されたのと、「平和という言葉が、神聖にして冒すべからざる錦の御旗になった。表現は自由のはずの国だが、平和にケチをつける表現だけは許されない。（略）どうして、憲法に平和なんて言葉をくっつけなきゃならないんだい」（同）

時代との間には同じ民族性がある。

「今の方がましだと思うが、同時にどっちもどっちだと思っている」（同）と書かなければならないほど、同じものが日本にあると感じていた。

彼にとって恐ろしかったのは、「単一の感情に人々が凝り固まること」（「「日本沈没」の背景」）。軍国の日本に背く思いを抱えて青春を過ごしたからこそ、考えられることであった。

「たとえば、昔は戦争に10の評価を与えて、平和に1の評価しか与えなかった。これを逆転させて価値観の転換と言っているけれども、それはまた逆転する可能性だってあるわけです」（「人間って、公式にあてはまるほど、単純ではない」）

事実を覆い隠すかのような言葉には嫌悪感を露わにした。

戦前も戦後も変わらないもので、私が抵抗を感じるものの一つに、日本人の、なにかを糊塗するためのような、言い換えの言葉の乱造がある。（略）玉砕だの、玉音だの、英霊だの、終戦だのという言葉に、私はひっかかる。言葉を飾って、美化するなよ、と思う気持がある。
（「奴隷とピー」）

価値の転換は大いに疑っていた。

天皇陛下のためなら鴻毛より軽いと思え、と言われていた人命は、戦後、地球より重いなどと大仰に言われるようになった。（略）ならば、あの戦争は何だったんだ、あの戦犯裁判は何だったんだ——という思いが消えない。
（「真実の行方」）

民主主義と軍国主義に大きな違いは認めていなかった。

いままで軍国主義を叫んでいたものが一夜にして民主主義をいいだし反戦平和を唱えはじめた。あれがどうもうさん臭くてね。
（高橋揆一郎との対談「笑いと涙に生きる」）

古山は大量の人命が呆気なく失われた戦争をくぐってきた。「死ななくてすんだ人々が、かくも盛大に死んだ、という思い」（「真実の行方」）がある。

だから「少数の人の不幸についての大騒ぎに接したときに、その思いがかかわって来て、なにか同調できないものをかかえてしまう」（同）のである。

同房で死刑に処された人々のことを思い出す。

「あの人たちの真実は、問題にはされない。その死すら、問題にされない。ただ、忘れられ、消えゆくのみである」（同）と諦め、そして書いた。

＊　＊　＊

古山は青山の仕事場を「我が独房」と称していた。

妻を失ってからは自宅に戻ったが、とにかく彼は一人になって書くことばかりを考えていた。見ていたのは自分の来し方であり、歩いた南方の戦地であった。座卓を前に背筋を伸ばして楷書で書いた。

「人生、しょせん運不運」を執筆中だったように、彼にとって書くことは止めようのないことであった。連載の第一回は「長生きし過ぎました」と言いつつも、終わりにこう書いていた。

「とにかくもう一度、私は、今度は実名で、新義州のこと、両親のこと、私と妻のことを書いてみるつもりです」

彼は「書きたいことがあるから書く」という古いタイプの小説家であった。大学で文学を講じる人々が口にする文学理論とは無縁である。それは「小説も世につれ」というエッセイで「いわずにはいられないことがあるからではなくて、才能をひけらかしたくて、書く」ことに否定的だったことからわかる。

何より書くものは人生のためにあると考えていた。

何のために小説を書くか、何のために小説を読むかというと、結局は人生をどう把握するか、生き方をどう把握するか、人間をどう認識するか、最後はそこへいってしまうんです。それを考えること、書くことで追究することが、私が小説を書く理由です。やらずにはいられません。

（「小説を書くことと読むこと」）

自分の書きたいことは尽きなかった。編集者としてまず人に期待する姿勢があった。

少々いやなことがあってもがまんしてよりよい作品を人に書かせようなどと考えるところがある。なにかいいなと思うところがあると、すぐ期待する習性みたいなものがあるのです。

（座談会「新しい作家たち」）

おそらく自分自身への期待もあったに違いない。だから書く――

彼の遺品類は今、宮城県刈田郡七ヶ宿町の「水と歴史の館」に寄贈されている。「古山高麗雄の世界」と題された展示スペースには、幼少期からの写真や直筆原稿などが並べられている。そこからはダム湖が近い。古山の父佐十郎の生家があった渡瀬の集落が湖底に沈んでいる。出郷後、戦地を歩き、晩年は生地新義州に執着しながら満足のいく訪問ができなかった古山にとって、七ヶ宿は「あなたの故郷はここじゃないか」と言ってもらえた場所であった。

没した年の七月から翌年三月まで、七ヶ宿町の「水と歴史の館」では、古山を紹介する企画展「古山高麗雄ふるさと展」が開催された。

二〇〇四年（平成一六）には相模原の自宅にあった古山の蔵書や来信、手帖などの遺品類が七ヶ宿町に寄贈される運びとなった。トラックが来て、本や書簡、手帖から文机まで、七ヶ宿へ運んだ。

肉親につながる土地を何度となく訪問し、生死を分けた戦場を再訪した古山の戦後であったが、記憶に留める場所のうち、戦後ついに一度も再訪しなかったのが、旧仏印（ベトナム、ラオス、カンボジア）である。

この国々を巡れば戦地再訪の旅が終わると、何度も書いていたものの果たさなかった。関心を持ち続けていたことは、ベトナムを取り上げた新聞記事を貼ったスクラップブックが遺されていることからもわかる。

書かれざる作品はなおもあったことだろう。

＊　　＊　　＊

繰り返すが、古山が信じたものは運である。

誰かと出会うのも、そして人の生死も、ほんのちょっとしたことで決まって行く。戦場で、運としか言いようのない生や死を経験したために、私は、このような考えから離れられなくなったのである。天は、自ら扶くる者だからといって、扶けてくれはしない。自ら扶くる範囲など、高が知れている。人は、ちょっとした偶然によって、恵まれた道を歩むことにもなり、不遇から脱出できないことにもなる。

（「三流の貧乏」）

無論、自らの信じる運が彼を支えていた。

「人間はぜんぶ運だ、一〇〇％、運だ。努力なんて関係ないね。塹壕から脚を出してみたり、いろいろやってみたけれども弾は当たらない。当たる気もないのに弾に当たって死ぬ人もいる。努力して何とかなるというのは全部嘘だ——」

古山はそんなことを、フーコン取材の同行者、安藤泉に語った。

「戦場にいるとつくづく運しかない。一等兵の現実は、一〇〇％運。人間は運だけだ」

運を信じた古山はあの戦争から生還し、戦争を書き続けた。そして思い描いた通りの死を迎えた。

幸運な、幸福な小説家だったと言うほかない。

あとがき

開き直りと切実さを感じさせる言葉の連なり。古山高麗雄の作品を読むと、そんなことを感じる。例えばデビュー作「墓地で」の中で、上官に「役に立たない兵隊」と罵《のの》られる「私」がこう思う——。

彼らが、八紘だの玉砕だのと翼賛語を使ったら、私は嘲笑することにしていたのだった。なにがギョクだ。大君のへにこそ死なめ。なにが、へにこそ、だと思う。私には思う自由、というものがある。これだけは、誰も束縛することができない。

「思う自由」あるいは「思うだけの自由」。それは圧倒的に自由に見える戦後を生きる私にとってたとえようもなく重いものに思える。

私は古山の言葉に新鮮さを覚えながら、作品を読んできた。それまでに読んだ「戦争文学」に感じていた深刻さをあまり感じないのが不思議でもあった。

古山が戦場で無数の死に接したことを思えば、開き直りと切実な思いを抱えて戦後を生き、書いたことは当然だろうと思う。短編「三年」ではこう言っている。

核兵器の破壊力の空恐ろしさは、一応、知識としては受け止めているけれど、もし東京に核爆弾が落ちて、みんな一緒に、一瞬のうちに死ねるのだったら、悪くないな。

だから体験に根ざさない、あるいは実感を伴わない言葉を彼は嫌っていたのだろう。だから彼の文章は、勁《つよ》いのだろう。

読み返すたびに、「ああ、この人はこんな風に考えていたのか」と、一人の人間を知るような親しみの感覚を覚える。古山の作品を読むことは、私にはそんな体験であり続けている。

本書を書くにあたっての取材で、古山を直接に知る人から多くを教えられ、彼の勁さを知った。幸運なことだと思う。

さまざまな遺品類に接することができたのは幸せなことだった。

二〇一四年(平成二六)二月、宮城県刈田郡七ヶ宿町の「水と歴史の館」を訪ねた。二回目の訪問だった。二泊三日の予定で、滞在中のすべての時間を、古山の遺族が寄贈した資料類の調査に充てようと思っていた。

二日目、朝から降り続けていた雪は夕方、宿に帰ろうという頃には館外を埋め尽くした。身長一八〇センチの私の腰の辺りまで積もっていたと記憶する。関東近郊で育ち、雪とは縁のない生活を送ってきた私にとって、実に驚くべき積もり方だった。

スタッフの女性と除雪車の到着を待ったのだが、除雪車が入ってくる駐車場まで進むのも一苦労だった。玄関から雪を二人でかき分け、細い道をつくった。除雪車に乗って脱出し、途中で降ろしてもらった。スタッフの方の家族が迎えに車で迎えに来てくれるという。それまでの間、少しの距離を歩いた。

南方を歩いた古山のことを調べに来て、雪の中を歩くのは偶然の不思議な巡り合わせに思えた。古山は中国の雲南で冷たい雨に打たれたという。その姿を想像した。

暗い空を見上げたとき、「もっと苦労せよ」という声が聞こえたような気がした。「書けるものなら書いてみよ」と告げられているのだと思った。私の思い込みがそう告げられたことを自覚させたのだろうが、とにかく励ましを得た気がした。

おそらく行き届かないところのある取材ではあったが、助けてくださったすべての方々に深く感謝申し上げる。取材を通じてそれぞれの方が語る古山像を知ることで、作品に書かれたことの意味や背景を、より噛みしめて読めるようになったと思う。

古山の長女である千佳子さんには、古山が生涯、戦争から離れられなかったことを示す数々の逸話――珍しい南方の果実を好む、かつて食したカタツムリの話をレストランでする、パンを食すときにフランスパンでつくった麻雀牌のことを回想するなど、生活をともにした人だから語れる――を教えてもらった。「戦後七〇年の年に本になるといいですね」と言葉をかけられたことは格別の励ましになった。

本書には私の至らなさや勘違いによって生じた間違いがあると思う。読者の叱正を乞いたい。

平凡社の金澤智之さんは、前著『大川周明　アジア独立の夢』のときと同様に、原稿が本になるまでのすべての労を執って下さった。お名前を記して感謝の意を表したい。

敗戦から七〇年目の夏に

玉居子精宏

主要参考・引用文献

〈著書〉

『プレオー8の夜明け』講談社、一九七〇
『湯タンポにビールを入れて』講談社、一九七一
『私の競馬道』文和書房、一九七一
『小説の題』冬樹社、一九七二
『小さな市街図』河出書房新社、一九七二
『風景のない旅』文藝春秋、一九七三
『三枚目の幸福』河出書房新社、一九七四
『蟻の自由』文藝春秋、一九七四
『片乞い紀行』文藝春秋、一九七五
『悪魔の囁き』番町書房、一九七五
『立見席の客』講談社、一九七五
『今朝太郎渡世旅』講談社、一九七六
『私がヒッピーだったころ』角川書店、一九七六
『岸田國士と私』新潮社、一九七六
『わが花の街』実業之日本社、一九七七
『兵隊蟻が歩いた』文藝春秋、一九七七
『八面のサイコロ』北洋社、一九七七
『半ちく半助捕物ばなし』新潮社、一九七七
『点鬼簿』講談社、一九七九
『競馬場の春』文和書房、一九七九
『他人の痛み』中央公論社、一九七九
『隠し事だらけ』作品社、一九七九
『サインは薔薇の色』実業之日本社、一九八〇
『螢の宿』新潮社、一九八〇
『身世打鈴』中央公論社、一九八〇
『日本好戦詩集』新潮社、一九八〇
『古里は街道筋』実業之日本社、一九八一
『旅の始り』作品社、一九八一
『やばい関係』集英社、一九八一
『ローカル線気まま旅』潮出版社、一九八一
『狼が来たぞ』日本経済新聞社、一九八二
『断作戦』文藝春秋、一九八二（文春文庫、二〇〇三）
『一つ釜の飯』小沢書店、一九八四

『水蜜のある風景』実業之日本社、一九八四
『女ともだち』集英社、一九八四
『ロバはニンジンを追って』実業之日本社、一九八五
『龍陵会戦』文藝春秋、一九八五（文春文庫、二〇〇三）
『わたしの濹東綺譚』小沢書店、一九八九
『船を待ちながら』福武書店、一九九〇
『袖すりあうも』小沢書店、一九九三
『窮鳥を抱いて』実業之日本社、一九九四
『旅にしあれば』小沢書店、一九九四
『セミの追憶』新潮社、一九九四
『真吾の恋人』新潮社、一九九六
『フーコン戦記』文藝春秋、一九九九（文春文庫、二〇〇三）
『二十三の戦争短編小説』文藝春秋、二〇〇一（文春文庫、二〇〇三）
『反時代的、反教養的、反叙情的——必ず、何か、いいものがある』KKベストセラーズ、二〇〇一
『妻の部屋』文藝春秋、二〇〇二
『人生、しょせん運不運』草思社、二〇〇四
＊『プレオー8の夜明け——古山高麗雄作品線』（講談社文芸文庫、二〇〇一）を参照した

〈朝鮮〉
『別冊一億人の昭和史 日本植民地史1——朝鮮』毎日新聞社、一九七八
『回想譜 新義州公立中学校20年史』新義州公立中学校同窓会、一九七七
『義中会誌』創刊号～第三九号、一九五二～二〇一二

〈第三高等学校〉
『紅萌ゆる丘の花——第三高等学校八十年史』講談社、一九七三
神陵史編集委員会『神陵史——第三高等学校八十年史』三高同窓会、一九八〇
泰郁彦『旧制高校物語』文春新書、二〇〇三

〈戦争〉
『別冊歴史読本 地域別 日本陸軍連隊総覧』新人物往来社、一九九〇
岩川隆『孤島の土となるとも——BC級戦犯裁判』講談社、一九九五
寺田近雄『日本軍隊用語集』立風書房、一九九二
福川秀樹『日本陸軍将官辞典』芙蓉書房出版、二〇〇一

保阪正康『検証・昭和史の焦点』文藝春秋、二〇〇六
吉田裕『兵士たちの戦後史』岩波書店、二〇一一
和田敏明『証言！ 太平洋戦争――南方特派員ドキュメント』恒文社、一九七五
防衛庁防衛研修所戦史室『インパール作戦――ビルマの防衛』朝雲新聞社、一九六八
防衛庁防衛研修所戦史室『シッタン・明号作戦――ビルマ戦線の崩壊と泰・仏印の防衛』朝雲新聞社、一九六九
陸戦史研究普及会編『雲南正面の作戦――ビルマ北東部の血戦』原書房、一九七〇
陸戦史研究普及会編『ガダルカナル島作戦』原書房、一九七一

〈その他〉

『季刊藝術』第一号〜第五〇号、季刊藝術出版、一九六七〜一九七九
『別冊一億人の昭和史　昭和外国映画史』毎日新聞社、一九七八
阿部彰『戦後教育年表』風間書房、二〇〇五
青木正美『「悪い仲間」考』日本古書通信社、二〇〇七
川嶋至『文学の虚実――事実は復讐する』論創社、一九八七
草森紳一『記憶のちぎれ雲――我が半自伝』本の雑誌社、二〇〇一
佐藤守雄『曲がり角で――若いころの安岡章太郎・古山高麗雄たちとの交友に触れて』一九八三
遠山一行『遠山一行著作集』全六巻、新潮社、一九八六〜八七
中西裕『ホームズ翻訳への道――延原謙評伝』日本古書通信社
浜田芳久『日本映画私誌』図書出版社、一九八六
安岡章太郎『ガラスの靴・悪い仲間』講談社文芸文庫、一九八九
安岡章太郎『感情的文明論――私の戦中史』読売新聞社、一九七五
安岡章太郎『僕の昭和史』全三巻、講談社、一九八四〜八八
安岡章太郎『良友・悪友』角川文庫、一九七八
安岡章太郎『驢馬の学校』現代史出版会、一九七五
森敦『文壇意外史』朝日新聞社、一九七四
森富子『森敦との対話』集英社、二〇〇四
森富子『森敦との時間』集英社、二〇一二

玉居子精宏（たまいこ　あきひろ）
一九七六年神奈川県生まれ。ノンフィクションライター。早稲田大学第一文学部卒業。二〇〇四年から戦争の時代をテーマに取材を開始。〇五年ベトナム・ホーチミン市に移住。〇七年に帰国後も執筆活動を続ける。著書に『大川周明　アジア独立の夢――志を継いだ青年たちの物語』（平凡社新書）がある。

戦争小説家《せんそうしょうせつか》　古山高麗雄《ふるやまこまお》伝《でん》

二〇一五年八月五日　初版第一刷発行

著者　玉居子精宏
発行者　西田裕一
発行所　株式会社平凡社
〒一〇一-〇〇五一　東京都千代田区神田神保町三-二九
電話　〇三-三二三〇-六五八〇〔編集〕
〇三-三二三〇-六五七二〔営業〕
振替　〇〇一八〇-〇-二九六三九
平凡社ホームページ http://www.heibonsha.co.jp/
印刷所　株式会社東京印書館
製本所　大口製本印刷株式会社
DTP　平凡社制作

ISBN978-4-582-83693-6　C0091　NDC分類番号910.268
四六判（19.4cm）　総ページ280